Die Fremde und der Ruhm

Eine Tunnelgeschichte

Roman
saemulanz

Für Therese

Verlag und Druck
tredition GmbH
Halenreie 40-44
978-3-347-34480-8 Paperback
978-3-347 34481-5 Hardcover
978-3-347-34482-2 e-Book

Prolog

Felsbrocken bahnen sich einen Weg durch den Bann-
wald. Masten von Hochspannungsleitungen knicken
ein. Funken sprühen. Eine Flutwelle stürzt ins Tal.
Apokalypse. Genesis. Die Wucht der Explosion ist
gewaltig. Aus der Tunnelröhre auf der Alpennordsei-
te ringt eine Feuerwalze nach Sauerstoff. – Bilder der
Zerstörung in den Medien. Im Gotthardtunnel habe
sich eine gewaltige Katastrophe ereignet. Es gebe
noch keine näheren Informationen. Reisende in den
Süden müssten auf eine der anderen Alpenquerun-
gen, über den San Bernardino, den Simplon oder den
Grossen Sankt Bernhard, ausweichen. Man werde
laufend über die Entwicklung am Berg informieren.
Die Stimme der Nachrichtensprecherin zittert.

Hätte Hitler die Schweiz angegriffen, hätten sich
die Schweizer Soldaten ins Reduit, ins Gotthardmas-
siv, in die Alpen zurückgezogen.

Robert fährt mit seiner neuen schwarzen Limousine durch das Reusstal Richtung Gotthard-Nordportal.
Mindestens einmal pro Jahr fährt er diese Strecke, um
für ein paar erholsame Tage nach Italien zu gelangen.
Jedes Mal beim Queren der Alpen erinnert er sich
an den Streik beim Bau des Eisenbahntunnels, an den
alten Geschichtslehrer, einen treuen Verfechter der
Schweizer Reduit-Strategie und der Neutralität der
Schweiz im Zweiten Weltkrieg. Die Rolle des Gott-

hardtunnels der Schweiz bereitet Robert heute noch Mühe. Sich hinter der Neutralität zu verstecken, war feige. Wer neutral ist, entscheidet sich nicht für die Gerechtigkeit. Die Schweiz hatte sich im Zweiten Weltkrieg für Hitler entschieden. Deutsche Nachtzüge passierten mit Waffen, Munition und Rohstoffen den Gotthard. Die Frontisten hielten auf dem Estrich die Hakenkreuzflaggen zum Hissen bereit.

Bei der Gotthard-Raststätte hält Robert an. Er besucht den Ort der Besinnung. Der Damm entlang der Reuss führt ihn von der Raststätte zur Gedenkstätte, zum Betonkubus mit den sechsunddreissig quadratischen, regelmässig neben- und übereinanderliegenden Fenstern. Die Füllung aus gesammeltem Altglas, eine neue Interpretation von Glasmalerei. Auf den Betonwänden des Vorhofs mit einem schlichten Brunnen im Zentrum stehen in die Betonmauern eingegossene Glaubensbekenntnisse verschiedener Religionen. Ob gläubig oder ungläubig, ob Buddhist, Christ, Muslim, Hindu, Agnostiker oder Atheist: Alle sind hier willkommen, am ökumenischen Ort der Besinnung, der an die alten ehemaligen Wegkapellen entlang der Gotthardstrasse erinnert. Der Innenraum der Besinnungsstätte ist leer. Robert ist allein. Die Morgensonne zaubert mit dem Altglas der Fensterscheiben ein buntes Lichtspiel auf den kahlen Boden. Er setzt sich auf eine Bank, schliesst die Augen. Bilder der Vergangenheit werden zum Tagtraum, zum Alptraum.

Die Trennung

Lukas, ein Wiener Künstler, realisierte während zwei Wochen in der Kulturgarage, einem Kulturlokal einer Kleinstadt im schweizerischen Mittelland, eine Rauminstallation. Robert besuchte und verfolgte ihn wiederholt bei seiner Arbeit. Er sollte an der Vernissage der Ausstellung sprechen. Verzweifelt suchte er Zugang zu Lukas' Werk. Monochrom gehaltene Farbflächen auf Leinwänden nahmen die Wand in Besitz, dazwischen direkt auf die Wand Gekritzeltes, nichts Lesbares, erste Gestaltungsversuche von Kleinkindern, die Phase vor den Strichmännchen, vor den Kopffüsslern. „Wienerwand" nannte Lukas sein Kunstwerk.

„Jetzt bleibt aber nicht mehr viel Zeit." „Ich bin fertig", meinte Lukas am Vorabend der Vernissage und liess Robert allein. Er wolle schnell etwas essen gehen, er komme in einer Stunde zurück, murmelte er beim Verlassen des Raums.

Da stand Robert nun allein vor einem Kunstwerk, das ihn nicht überzeugte. Wie sollte er über dieses Kunstwerk sprechen, was sollte er sagen? Bislang war ihm nichts dazu eingefallen. Es war nicht seine erste Vernissagenansprache. Er wurde hin und wieder angefragt, an Ausstellungseröffnungen zu sprechen. Die Leute hörten ihm gerne zu. Sie versicherten ihm immer wieder, dass sie nach seinen Ausführungen einen besseren Zugang, eine tiefere Auseinandersetzung mit den Werken der Kunstschaffenden hätten.

Dieses Mal würde ihm das nicht gelingen, befürchtete er. Er näherte sich den drei kleinen Leinwänden. Als hätte ein Kind in der Analphase mit Fäkalien die Wand verschmiert, kam es ihm vor, der gestische Duktus, Spuren von mit Fingern aufgetragener Farbe, kein konkretes Motiv war erkennbar. Ein schokoladenähnliches Braun, ein senffarbenes Ocker, Rot, das an Blutwurst erinnerte. Was für Farben. Ratlos, sprachlos ging Robert wie eine Raubkatze im Käfig von links nach rechts, von rechts nach links, hin und zurück, hin und her.

Die Bilder betrachteten ihn. Er erwiderte unerschrocken den Blick. Nichts schützte ihn vor dem sich anbahnenden Konflikt mit dem Künstler. Das Gekritzel, die verschiedenen Farbflächen machten ihn wütend. Die Farbflächen, in sich ruhend an der Wand hängend, berührten ihn nicht. Was sollte das. Ob ihm ein Exkurs in die Kunstgeschichte weiterhelfen würde? – Vermutlich schon, denn letztlich hatte alle Kunst ihren Ursprung in der Höhlenmalerei. Die malten wenigstens Tiere, Hirsche, Bisons, abstrakte Menschen Gestalten, Szenen, die ein Ritual vermuten liessen, eine Jagd. Aber Lukas. Das Einzige, was seine Wienerwand mit der Höhlenmalerei verband, war, dass neben den einfarbigen Leinwänden das Gekritzel direkt auf die Wand aufgetragen war und die Farben an Blut und Kohle erinnerten, an das Material der Höhlenmaler, das Narrative, die Geschichte, ein Ritual; der eigentliche Sinn aber fehlte. Robert ärgerte sich über seine Eitelkeit. Warum hatte er zugesagt?

Warum hatte er dieses Risiko auf sich genommen? Warum hatte er sich nicht vorgängig vertieft mit dem Schaffen von Lukas auseinandergesetzt? Er hatte ihrem gemeinsamen Freund Daniel vertraut. Dieser hatte Lukas eingeladen. Die Rauminstallation war Bestandteil der Firmenjubiläumsfeier des Architekturateliers R und Z. Daniel war leitender Mitarbeiter, gestaltender Architekt.

Er hatte Lukas bei seinem Studienaufenthalt in Wien kennengelernt. Sie besuchten einander seitdem regelmässig gegenseitig. Daniel mochte Lukas' Schaffen. Obwohl er nie sagen konnte, was ihm an dessen Werken besonders gefiel.

Das hatte Robert jetzt davon. Seine Verzweiflung wuchs. Die Höhlenmalerei hatte ihm nicht weitergeholfen. Vielleicht versuchte er es mit dem abstrakten Expressionismus. Er bemühte sich, Künstlernamen, Bilder, Epochen auf seiner Festplatte abzurufen. Das blutwurstrote Bild erinnerte ihn an einen Farbklang, den er auf einem Bild von Rothko gesehen zu haben glaubte. In der Ausstellung in Basel. In Riehen im Museum Beyeler. Eine blutwurstrote Fläche schwebte dort auf einem warmen Grauton über einem dunkelbraunen Rechteck. Auch Jackson Pollock kam ihm in den Sinn. Der ungestüme Duktus beim Auftrag der Farbflächen, das Gekritzel auf der Wand erinnerten ihn an dessen Werk. Aber nein. So konnte er sich nicht aus der Affäre ziehen. Lukas war weder ein Rothko noch ein Pollock noch irgendein amerikanischer abstrakter Expressionist. Lukas war Wiener. Robert stand vor einer Wienerwand. Ein Plagiat war es nicht. Er konnte es drehen und wenden, wie er wollte, er fand einfach keinen Zugang zu diesem Werk. Das ärgerte ihn. Diese Tatsache berührte ihn, nicht das Werk. Bis jetzt hatten ihm Kunstwerke gefallen oder nicht, geärgert aber hatten sie ihn noch nie. Er hoffte auf das Gespräch mit dem Künstler.

Lukas kam mit Daniel zurück. Jeder hatte eine Flasche Rotwein unter dem Arm. Das wird eine lange Nacht. „Gefallen dir meine Bilder?" „Für mich ist es eine Installation." Lukas spürte Roberts Unsicherheit. Ob ihm halt dann die Installation gefalle, insistierte er. Robert wand sich. Er wusste, Lukas konnte er mit einer Notlüge nicht täuschen. „Sie ärgert mich, deine Arbeit."

Daniel beobachtete sie. Lukas schwieg. Sie setzten sich an einen Tisch. Daniel öffnete eine Weinflasche, holte drei Gläser und füllte sie. Sie prosteten sich zu, tranken einen Schluck, einen zweiten. Lukas nahm das Gespräch wieder auf.

„Was ärgert dich an meiner Installation? So hat noch nie jemand auf meine Arbeit reagiert." Robert schilderte seine Gemütslage, die sich bei ihm während Lukas' Abwesenheit in der Auseinandersetzung mit seiner Arbeit eingestellt hatte. Zwischen den Sätzen nahm er immer wieder einen Schluck Wein. Bald öffneten sie die zweite Flasche. Der Wein schmeckte. Die Zungen lockerten sich. Robert erzählte Lukas, wie er sich mit der Höhlenmalerei Zugang zu seinem Werk habe verschaffen wollen, mit den abstrakten Expressionisten, mit der Kunstgeschichte.

Daniel hörte aufmerksam zu. Sein Gesicht zeigte keine Regung. Robert meinte in Daniels Blick eine Spur Angst ausmachen zu können. Daniel hasste Konflikte. Er kannte Lukas. Seine emotionalen Ausbrüche. Weit schien Lukas nicht von einer dieser Gefühlseruptionen zu sein.

„Wenn du über meine Kunst sprechen willst, musst du dich mit meiner Kunst und nicht mit der Höhlenmalerei auseinandersetzen." Lukas hatte seine Stimme leicht gehoben. Robert blieb unerschrocken. Dass er gerade weil er sich mit Lukas' Kunst ernsthaft auseinandergesetzt habe, zur Höhlenmalerei gekommen sei. Lukas lenkte ein.

Er erzählte von seinem Besuch der Höhlen von Lascaux: „Hast du sie auch besucht?" „Nein." „Wie willst du dann über die Höhlenmalerei sprechen, wenn du gar nie echte Höhlenmalerei gesehen hast? Abbildungen können kein Bild der Wirklichkeit, der Originale vermitteln." Er glaubte, Robert als oberflächlichen Theoretiker entlarvt zu haben. „Ich habe zwar die Höhlen von Lascaux nicht besucht, wohl aber kenne ich die Höhlen von Altamira im Norden Spaniens."

Robert erzählte vom mühevollen Abstieg durch eine schmale, in den Stein gehauene Treppe. Von der Dunkelheit. Von der Angst. Von der Klaustrophobie. Erst als er die erdfarbenen, rotbraunen und schwarzen Zeichnungen an den Wänden entdeckt habe, sei sie gewichen, habe er sie vergessen, verdrängen können. Beinahe habe ihn die Angst um die Felszeichnungen von Altamira gebracht.

„Du weisst, ich bin Architekt. Während meiner Ausbildung habe ich das eine oder andere über die Kunstgeschichte erfahren. Viel hat mir das für mein Kunstverständnis nicht gebracht. Meine Beziehung zur Kunst basiert auf meinen persönlichen Erfahrungen, auf Galerie-, Museums- und Atelierbesuchen, auf Begegnungen mit Kunstschaffenden. Über all die Jahre habe ich gelernt, hinzuschauen und meinen Augen zu vertrauen."

Roberts Ausführungen schienen Lukas zu gefallen. Die Spannung in Daniels Blick löste sich. Aufmerksam folgte er dem Wortgefecht.

„Was hast du denn gesehen auf meinen Bildern, in meiner Installation?" Langsam war Robert in der Lage, von seinen Eindrücken, seinen Gefühlen, seinen Wahrnehmungen zu sprechen. „Ich habe an Rothko, Pollock, an den amerikanischen Expressionismus gedacht." „Nein, nicht was du assoziiert hast, will ich hören, was du gesehen hast, will ich wissen." –

Eine Gruppe japanischer Touristen betritt den Raum der Gedenkstätte und unterbricht Robert in seinen Erinnerungen an das Gespräch mit Lukas. Leise scheinen sie sich über ihre Eindrücke auszutauschen. Das japanische Klischee, denkt er. Ausgerüstet mit ihren Fotoapparaten und Filmkameras halten sie die Stimmung, das Lichtspiel zwischen Altglas und Herbstmorgensonne fest. Sie nicken ihm freundlich zu. Scheinen nicht zu merken, dass sie ihn stören, dass sie seinen Erinnerungsfluss unterbrochen haben.

Er nimmt es gelassen und wartet geduldig, bis sie den Raum verlassen. Er hat Zeit. –

„Rück raus! Was siehst du auf meinen Bildern, in meiner Installation?" „Schokoladefarbenes Braun, senffarbenes Ocker, Blutwurstrot, Scheissfarben!" Daniel stellte erschrocken das Weinglas auf den Tisch. Er wollte die Hände frei haben, sollte Lukas handgreiflich werden. „Kindergekritzel, erste gestalterische Versuche von Kleinkindern, vor der Kopffüssler-Phase. Deine Wienerwand ist eine Hommage an Freud, deine Wienerwand ist eine Analinstallation." „Jetzt reicht es!" Daniel mischte sich in den Wortstreit ein. „Schweig!", herrschte Lukas ihn an. „Das gefällt mir." –

Erneut öffnet sich die schwere Holztür der Wegkapelle. Zwei Motorradfahrer kommen herein, den Sturzhelm unter den rechten Arm geklemmt. Die Spuren auf den Lederkombis verraten ihre Erfahrung im Motorradfahren. Ja, die fahren bestimmt keine Japaner, das sind Harley-Piloten. Sie tragen die bekannten Embleme auf den schwarzen Lederjacken. Sie setzen sich auf eine Bank, blicken schweigend zu den Glasfenstern, durch die das Sonnenlicht in den Raum dringt. Ob sie eines verunfallten, verstorbenen Freundes gedenken oder betend um Schutz bitten für die bevorstehende Passfahrt? Robert beobachtet sie. Nach ein paar Minuten lassen sie ihn grusslos im Raum zurück.

„Das Blutwurstrot provoziert mich am meisten. Es erinnert mich an die Wiener Aktionisten, an Günter Brus zum Beispiel." Diesmal nahm Lukas den kunstgeschichtlichen Bezug auf und begann von seiner künstlerischen Laufbahn zu erzählen, von der Zeit an der Akademie in Wien. Er sei als junger Künstler stolz gewesen auf die, die sich gegen das Establishment aufgelehnt hätten. Einfach sei es für ihn aber nicht gewesen. Was man denn noch habe tun können, nach den Aktionisten. Sie hätten in der Vorlesung auf die Pulte geschissen. Uriniert. Die Pisse getrunken. Sie hätten alle Formen des Protests ausgereizt. Der Generation nach ihnen, auch ihm, sei nicht mehr viel geblieben. Die Aktionisten hätten ihnen den Protest gestohlen.

„Vergleichen ist für mich eine Methode, um Bildern näherzukommen. Die Linien, das Gekritzel zwischen deinen Bildern, erinnert mich an Schieles Konturen bei den Akten, diese oft dunkelblau angelegten Silhouetten sind sehr dynamisch gemalt und tragen ganz entscheidend zur typischen Wirkung der Bilder bei." Lukas hörte ihm aufmerksam zu. Immer wenn er von einer Beobachtung, einer Wahrnehmung aus seinem Werk auf etwas schloss, nickte er, nahm einen Schluck Wein und verzog das Gesicht zu einem Lächeln.

Lukas begann von seinen Vorbildern zu erzählen. Schiele gehörte dazu, aber auch Gerstl. Er war erstaunt, dass Robert Letzteren kannte. Die Anekdote, die Liebesgeschichte zwischen Gerstl und Mathilde, Schönbergs Gattin. Lukas' Vertrauen wuchs. Robert stand auf, ging zum schokoladefarbenen Bild und versank in der braunen, geruchlosen Scheisse. Daniel und Lukas unterhielten sich derweil. Das ist es, es ist immer das Gleiche: Man muss den Mut haben, sich auf Bilder einzulassen. Bilder sind Seelenspiegel. In der Rezeption erfährt man viel über seine eigene Befindlichkeit.

„Weisst du schon, was du morgen Abend über meine Bilder sagen wirst, weisst du genug über meine Bilder, über mein Werk? Viel hast du mich noch nicht gefragt." Plötzlich stand Lukas neben Robert und riss ihn aus den wirren Gedanken, die das Bild bei ihm auslöste. Sie gingen gemeinsam zum Tisch zurück, wo Daniel die letzte Flasche entkorkte. Sie prosteten sich zu.

„Ich werde dich nicht enttäuschen. Einfach wird die Ansprache nicht." „Das spricht für mein Werk, die ‚Wiener Analinstallation'." Lukas lachte. Sie besprachen beim letzten Glas noch das Organisatorische, bevor sie aufbrachen, jeder ging seinen Weg: Lukas zog ins nahegelegene Hotel, Daniel in seine Junggesellenwohnung in der Altstadt und Robert in sein Haus am Jurasüdfuss. Alle gingen zu Fuss. Getrunken hatten sie genug. Mehr als genug. –

Robert fällt auf, wie das Licht das Bild des Fussbodens der Gedenkstätte ständig verändert. Er muss eingenickt sein. Zwischen dem zuletzt abgebildeten Sonnenkegel und dem jetzigen Stand der Sonne liegt beinahe ein Meter. Er bemerkt nicht, dass sich weitere

Besucher eingefunden haben. Er steht auf. Er muss sich die Beine vertreten. Im Vorhof genehmigt er sich einen Schluck frisches Brunnenwasser. Die steil abfallenden Bergflanken auf beiden Seiten des Tales machen Eindruck. Das Rauschen der Reuss dröhnt mit dem Verkehrsrauschen um die Wette. Der Fluss gewinnt. Entscheidet Robert. Er geniesst es, viel Zeit zu haben. Die Wegkapelle funktioniert. Er kann sich besinnen. Trotz Sonnenschein ist es kühl im Reusstal. Er kehrt in den Andachtsraum zurück. Und fällt erneut in seine Tagträumerei. –

Lukas' Bilder waren nicht Schein. Die Installation konnte einem gefallen oder nicht, doch man musste Farbe bekennen, es gab kein Dazwischen. Robert warf es in die Analphase zurück, ins Spielen mit dem eigenen Kot, der eigenen Scheisse. Er musste sich der Arbeit stellen. Auf dem Heimweg vom Kulturraum versuchte er seine Gedanken für die morgige Ansprache zu ordnen. Die Kernidee seiner Ausführungen war die Wahrheit, zu sagen, was er sah, was er dabei dachte. Offen über Eindrücke zu sprechen. Die Provokation. Darum ging es Lukas mit seiner Wienerwand, es ging ihm um die Provokation, die Wahrheit zu sagen, darum, was wir beim Betrachten seiner Wand empfinden, was wir für Gedanken, für Gefühle zulassen. Er wollte, dass wir genau hinschauen, dass wir nichts verdrängen. Robert hörte sich im Gehen laut sprechen. „Ja, Lukas geht es um die Wahrheit." Lukas provozierte mit seinen Bildern die Auseinandersetzung mit der Wahrheit. Der Liebe. Der Schönheit. Der Gerechtigkeit. War es nicht seine Definition der Kunst, die er sich zurechtgelegt hatte, um nicht verlegen zu sein, wenn ihn jemand fragte, was er unter Kunst verstehe?, spann Robert seine Gedanken weiter. „Die Kunst hilft mir in der alltäglichen Auseinandersetzung, dem Geheimnisvollen des Lebens in kleinen Schritten etwas näherzukommen", murmelte er trunken laut vor sich hin. Es war nicht mehr weit. –

Ob er wisse, wie der Architekt heisse, der den Ort der Besinnung geplant habe, fragt ihn ein Besucher und reisst Robert aus seiner Vergangenheitsreise heraus. „Nein", antwortet er verstört. Der Besucher entschuldigt sich und überlässt ihn seinen Tagträumen.

Robert schloss achtsam die Haustür auf. Schlich ins Bad. Er war verzweifelt. Alles war ihm zu viel. Ein Schwächeanfall zwang ihn zu Boden. Der Alkohol. Die Nerven. Das Vegetative. Der ältere Sohn beobachtete ihn und vermutete, dass der Vater wieder einmal sturzbetrunken war. Das war in letzter Zeit immer öfter der Fall. Er hielt sich diskret zurück, ging in sein Zimmer, um weiterzuschlafen. Die Nacht war kurz. Irgendwie schaffte es Robert ins Bett. Wälzte sich und fand kaum Schlaf. Alpträume plagten ihn. Er versank in senfgelben Sumpftümpeln. Erstickte. Er hing am unförmigen geschuppten blutwurstroten Körper des Teufels an einer Nabelschnur gefangen und drohte sich damit zu erhängen.

Am Morgen erwachte er in einem durchnässten Bett. Zeichen eines Burnouts. Sein Körper war voll von kleinen Wasserperlen. Er zitterte. Was war passiert? Was geschah ihm? Er erinnerte sich an seine wirren Gedanken zu Lukas' Bildern zur Wahrheit.

Er stand auf, ging ins Bad und trocknete sich mit einem Frottiertuch. Zurück im Schlafzimmer vergewisserte er sich: Zwar war alles durchnässt, aber nein, ins Bett gepinkelt hatte er nicht. Das musste alles Schweiss sein. Er musste dehydriert haben. Sein Zustand im Bad kam ihm in den Sinn, sein Zusammenbruch. Die Nerven, dachte er, öffnete den Kleiderschrank, zog ein T-Shirt und eine Jeans über, nahm allen Mut zusammen und ging in die Küche. Setzte sich an den Tisch, wo Lara schon frühstückte, wie immer schwachen Filterkaffee und Brot mit Butter und Konfitüre, eingehüllt war sie in eine dicke Wolljacke. Er setzte sich gegenüber, schenkte sich auch eine Tasse Kaffee ein. Zitternd trank er in kleinen Schlucken.

Das Verhör. Wie jedes Mal, wenn er betrunken spät nach Hause kam. Wo er gewesen sei gestern Nacht. Was passiert sei. Er stammelte, er habe ihr schon lange etwas gestehen wollen, er habe sich in eine andere Frau verliebt. – Dann müsse er gehen, sagte sie kurz und gefasst. Er wollte sich erklären, sie winkte ab. Es ging ihm schlecht. Das Herz raste. Er hatte das Gefühl, keine Luft zu bekommen. „Ruf den Arzt an." Robert ging zum Telefon.

„Geht es Ihnen gut?", fragt ihn eine angenehme Frauenstimme. „Entschuldigen Sie?" „Ja, ja, es geht mir gut." „Sie haben gezittert, ist mir aufgefallen." „Ja, ich fühle mich etwas kühl." Er zittert noch. Die Frau mit der angenehmen Stimme beobachtet ihn weiter. Sie ist jung, attraktiv, fällt ihm auf. Er wendet sich dem Geschehen im Kubus zu. Immer wieder treffen neue Gäste ein. Einige verweilen, andere schauen nur kurz hinein und verlassen den Ort wieder. Er ist der einzige Dauergast, merkt er. Die junge Frau setzt sich neben ihn. Ob es ihm wirklich gut gehe, will sie noch einmal wissen. Er bestätigt es ihr. Sie könnte die Freundin einer seiner Söhne sein, überlegt er, zu Anton … nein, zu Florian, dem Träumer, würde sie besser passen. Anton studiert Mathematik. Florian ist Kameramann. Ihre Nähe ist ihm angenehm. Der Ausschnitt ihrer Bluse gibt den Blick auf ihr Dekolleté frei. Sie hat schöne, feste Brüste. Der Gurt ihrer Jeans liegt knapp über dem Sex. Alter Bock, verdrängt er seine sexistischen Fantasien. Die junge Frau verabschiedet sich. Er bleibt allein zurück in seinen Erinnerungen. –

Der Hausarzt hatte keine Zeit für ihn. Er sei auf dem Sprung zu einem Kongress, Robert solle sich bei seiner Stellvertretung melden, entschuldigte er sich. Sophie, Roberts Freundin, war überrascht. „Du hast es ihr gesagt?" „Ja. Sie hat gesagt, ich solle gehen. Mehr nicht. Kann ich zu dir kommen?" „Aber klar doch. Bis heute Abend. Ich liebe dich." Noch zitterte er am ganzen Körper, kalter Schweiss drang durch T-Shirt und Jeans. Er roch streng. Zuerst die Telefongespräche, dann duschen. Er musste es hinter sich bringen. „Anton? Ja, ich verlasse euch." Sie würden in Kontakt bleiben. Florian weilte in der Cinecittà in Rom. Robert versuchte es auf dem Handy. Er verlasse sie. „Ja. Wenn es nicht anders geht, dann halt." „Ich werde dich kommende Woche besuchen, dann können wir reden." Alles ging ganz schnell. Er duschte, streifte frische Kleider über, nahm die grosse schwarze Reisetasche, füllte sie mit dem Nötigsten und ging grusslos. Um neunzehn Uhr musste Robert an der Vernissage von Lukas' Installation sprechen. Er wollte nicht absagen. Es blieben ihm knapp acht Stunden, um sich zu beruhigen, um die Ansprache vorzubereiten. Noch glaubte er, dass es ihm gelingen würde. Es würde eine Odyssee, dachte er und fuhr mit dem Auto zur Kulturgarage.

Gleissend fällt ein vom Brunnenwasser reflektierter Lichtstrahl in den Kultraum, als sich die schwere Holztür erneut öffnet. Die junge Frau kommt zurück. Direkt auf ihn zu. Ob sie ihn zu einem Kaffee in der Raststätte einladen dürfe, fragt sie. Er nickt, erstaunt über die Einladung. Wortlos schlendern sie zum nahegelegenen Restaurant. „Ist dieser Platz recht?" Sie setzen sich an einen Zweiertisch am Fenster Richtung Süden. Sie bestellt einen Tee. „Für mich einen Espresso." Er ist etwas verlegen. Ob ihm seine Reise in die Vergangenheit, die Erinnerungen, sein Tagtraum anzusehen sind?, fragt er sich. Sie stellt sich vor. „Barbara Mutti, Kunsthistorikerin. Ich bin auf dem Weg nach Rom. Ich will meine Italienischkenntnisse auffrischen und vertiefen. Und Sie?" „Rom." Er kenne Rom. Er sei schon ein paar Mal dort gewesen, eine schöne Stadt. Die direkte, unkomplizierte Art der Frau imponiert ihm. Mutig, denkt er. „Robert Blum, Architekt." Er sei auch auf dem Weg nach Süden.

Was er denn so lange in der Gedenkstätte mache, will sie von ihm wissen. Sie habe sich Sorgen um ihn gemacht. Er habe damals am Architekturwettbewerb für den Raum der Besinnung teilgenommen. Leider habe sein Projekt nicht überzeugt. Der realisierte Bau gefalle ihm aber gut, er könne sich mit dem Entscheid der Jury abfinden. Jedes Mal, wenn er über die Gotthard-Strecke in den Süden fahre, halte er an und besuche die Gedenkstätte. Es interessiere ihn, wie der Bau alt werde, weicht er aus. „Nur gute Bauten altern gut." Er denkt an sich. Ob nur gute Menschen gut altern?

Rom sei ein gutes Beispiel für seine Aussage, erwidert sie. „Selbst die Ruinen haben eine sagenhafte ästhetische Ausstrahlung, das Kolosseum zum Beispiel." Sie freut sich auf ihren Studienaufenthalt, es ist ihrem strahlenden Gesicht anzusehen.

Sie unterhalten sich angeregt. Er berichtet von seinen Besuchen in Rom bei seinem jüngeren Sohn. Die Zeit verstreicht schnell. „Jetzt muss ich aufbrechen." Sie ruft die Kellnerin, bezahlt und verabschiedet sich. „Viel Glück!", wünschen sie sich gegenseitig, gleichzeitig. Er geht ein weiteres Mal zum Ort der Besinnung zurück. Die Sonne erreicht inzwischen den Vorhof. Robert setzt sich auf eine Steinbank und lehnt sich an die von der Sonne gewärmte Wand. Das Verschmelzen vom Verkehrsrauschen und dem Rauschen der Reuss mit anderen Klängen ergeben eine angenehme Geräuschkulisse. Sie setzt den Ort in Bewegung. Er schliesst die Augen.

„Du musst regelmässig, tief atmen. Das beruhigt." Robert hatte Angst. Hielt sein Körper die Strapazen der Trennung aus? Er fror. Der kalte Schweiss hatte das Leibchen erneut durchnässt. Sein Herz raste noch immer. Er fasste sich, stieg aus dem Auto, das er vor dem Kulturraum parkiert hatte, und entschloss sich für einen Spaziergang, zuerst durch die Altstadt und später durch den nahegelegenen Stadtwald. Etwas Bewegung würde ihm guttun.

Zielgerichtet und doch orientierungslos machte er sich auf den Weg durch die Altstadt, ging durch das nördliche Stadttor, kam vorbei an der Kathedrale in die Hauptgasse. Es herrschte kaum Betrieb. Lustlos zog er an den Schaufenstern der Geschäfte vorbei. „Ruhig, regelmässig tief atmen." Jetzt nur nicht jemandem begegnen. Nur nicht mit jemandem reden. Er bog in eine Nebengasse ein. Sie brachte ihn an den Fluss. Die Herbstsonne spiegelte sich in den tiefgrünen Wellen. Das träge fliessende Wasser beruhigte ihn. Er genoss den moosigen Geruch in der Morgenbrise. Langsam fand sein Puls zum gewohnten Rhythmus zurück.

Zu den Menschen zu gehören, die in der alltäglichen Auseinandersetzung mit der Kunst ... Der Gedanke mahnte ihn an die Vernissagenansprache. Er stellte sich den Abend vor. Die Bilder und das Gekritzel an der Wand, die Wienerwand, Lukas' Analinstallation. Der Raum gefüllt mit zahlreichen Gästen, über hundert hätten sich angemeldet, hatte ihm Daniel verraten. Freundinnen und Freunde, Künstlerinnen und Künstler, Berufskolleginnen und Berufskollegen, Politikerinnen und Politiker, der Stadtpräsident. Er querte den Fluss über die Fussgängerbrücke. Schlenderte der Uferpromenade entlang. Durch die Vorstadt erreichte er die alte Hauptstrasse zur Bundeshauptstadt und gelangte zum Stadtwald. Er brauchte Schatten. –

Robert geht zurück in den Raum der Besinnung. Die Erinnerungen kommen zurück.

Das Gespräch mit Lukas, er werde den Abend, den er mit Lukas verbracht habe, als roten Faden für die Vernissagenansprache nehmen. Ja, dieses Gespräch konnte den Gästen die Installation näherbringen.

Mit jedem Schritt durch den Wald klärte sich seine Vorstellung der Vernissagenrede zur Wienerwand zur Analinstallation. Die Zeit verging schnell. Wenn er zur rechten Zeit im Kulturraum sein wollte, musste er umkehren. Er ging den gleichen Weg zurück. Die Schatten der Bäume wurden länger. Der Wald wurde lichter. In der Ferne glaubte er die Stadtsilhouette zu erkennen. Am Stadtrand machte sich der Feierabend bemerkbar. Die Strassen waren belebt, die Busse waren gefüllt. Der Tag hatte die Ruhe des Morgens in heftiges Treiben am Abend verwandelt. Die Leute waren wach, bereit, die Nacht zu geniessen. Die Abendsonne verschwand hinter dem Jura. Noch eine Stunde bis zur Ansprache. Eine Eule zierte das Wirtshausschild. Robert trat in das Restaurant ein, setzte sich an einen leeren Tisch, bestellte ein Bier und widmete sich der Tageszeitung. Die Buchstaben tanzten an ihm vorbei. Er konnte nichts lesen. Er fand nichts, das ihn interessierte. Er konzentrierte sich auf das Buchstabenballett und vergnügte sich an den Rhythmen, den Wiederholungen der Buchstaben, den wechselnden Grauwerten. Er genoss das Bier und bestellte ein zweites Glas.

Seine Kehle ist trocken. Robert geht erneut in den Vorhof. Labt sich am kühlen Nass. Es ist etwas Besonderes, direkt von einer Quelle im Berg, denkt er. Erfrischt findet er sich danach zurück im leeren Raum auf der Reise durch die Vergangenheit.

Die Kulturgarage füllte sich. Immer mehr Gäste trafen ein. Lukas kam mit Daniel. Daniel schien bereits erfahren zu haben, dass Robert Lara verlassen hatte. Seine Augen, sein Händedruck verrieten es. Er sagte nichts. Robert schwieg auch, er wollte sich jetzt auf die Ansprache konzentrieren. Daniel eröffnete den Abend und kündete Stefan, einen Wiener Schriftsteller und Freund von Lukas, an, der eine Geschichte über eine Vernissage vorlas. Einen ironischen Text, der sich über die typischen Vernissagengäste im Allgemeinen und die Redner im Speziellen lustig machte. „Vom Evozieren von Analogien mit unendlichen Assoziationsräumen" war die Rede, von Worthülsen, von Nichtssagendem, das sich niemand zu kritisieren getraue. Niemand wolle sich eine Blösse geben, nichts von Kunst zu verstehen, deshalb spreche man über die Kleider, über den letzten Einkauf, über das neue Auto. Das Publikum war sichtlich amüsiert. Das macht meine Aufgabe nicht leichter, dachte Robert. Die Leute würdigten den gelungenen Text mit Applaus.

Daniel bat Robert ans Mikrofon. Sein Herz schlug wie bei einem Hundertmeterläufer beim Zieleinlauf. Das Blut hämmerte im Beckenbereich. Es fiel ihm nicht leicht, gerade zu stehen. Würde die Stimme versagen? So aufgeregt war er noch nie. Er begann. Die Stimme zitterte. Nach den ersten Sätzen fasste er sich. Er nahm Bezug auf den Text des Wiener Autors und versicherte den Gästen, dass er in seiner Ansprache ohne Fremdwörter auskommen wolle, er werde auf das Evozieren von Analogien und Assoziationen verzichten. Drei grundsätzliche Aussagen aber vorweg. Erstens: Es gebe nur eine Gegenwart, die Gegenwart der Vergangenheit, die Gegenwart der Gegenwart und die Gegenwart der Zukunft. Zweitens: Man könne nie erfahren, was die anderen erfahren, man könne sie nur als Erfahrende erfahren. Drittens: Zu den Menschen gehören zu dürfen, die in der alltäglichen Auseinandersetzung mit der Kunst dem Geheimnisvollen des

Lebens, der Schönheit, der Liebe, der Wahrheit und der Gerechtigkeit in kleinen Schritten etwas näherkommen, empfinde er als eine grosse Gnade. Der erste Grundsatz sei von Augustinus, der zweite von Hegel, der dritte sei von ihm.

Jetzt war Robert im Element. Er erzählte von seiner Unterhaltung mit Lukas, davon, wie sie sich darüber gestritten hätten, wie man sich mit Kunst auseinanderzusetzen habe. Ohne hinzusehen, habe man kein Recht, darüber zu sprechen. Das Wahrnehmen der Originale sei eine unabdingbare Voraussetzung, um über Kunst sprechen zu können, habe Lukas gepoltert. Er habe lange Zeit gebraucht, um zu sehen – auch bei Lukas' Bildern, bei der Wienerwand. Er habe die Begegnung mit dem Künstler gebraucht. Erst im Gespräch mit Lukas habe sich sein Blick für Lukas' Bilder geklärt. Seine Kunst habe ihn anfangs geärgert. Erneut bezog er sich auf ihren Dialog. Er sei auf Günter Brus zu sprechen gekommen. Ja, das sei einer der Väter, der Überväter, habe Lukas bestätigt. Es sei nicht einfach für Väter und Söhne, eine gute Beziehung zueinander zu pflegen, habe er daraufhin bemerkt. Da sei es mit den Grossvätern schon etwas einfacher, habe er auf Schiele reagiert, als Robert Lukas Duktus mit dem seinen verglichen habe. Lukas hörte ihm genau zu. Robert merkte, wie Lukas ihn beobachtete. Seine Augen lachten, er schien mit seinen Ausführungen zufrieden zu sein. Robert erzählte, wie ihn Lukas' Bilder betroffen gemacht hätten, wie er sie als ehrliche Botschaften, als eine Art Analinstallation empfunden habe, als Botschaften, die ihm zwar nicht gefallen würden, die ihn aber trotzdem provoziert und der Schönheit, der Liebe, der Wahrheit und der Gerechtigkeit einen kleinen Schritt nähergebracht hätten. Robert nahm seine Grenzen wahr, spürte die Anzeichen seines Burnouts. Tränen stiegen ihm in die Augen. Ja. Er weinte. Er habe die ganze Nacht geweint. Auch wegen Lukas' Kunst. Er habe sich durch die Auseinandersetzung mit dem Geheimnisvollen des Lebens nicht nur einen kleinen Schritt, nein, er habe sich der Wahrheit eine ganze Wegstrecke genähert. Er versuchte, seine Gefühle zu verbergen. Schloss seine Ausführungen. Dankte Lukas für seine Kunst.

– Stille. Eine Pause, dann erst klatschte das Publikum. Lukas kam auf ihn zu und gratulierte ihm zur Ansprache. Auch Daniel war mit seinen Ausführungen sichtlich zufrieden. Kleine runde Partytische standen zwischen den mit weissen Papiertischtüchern mit Edelweiss-Motiv abgedeckten Festbänken. Es gab einen weissen Chardonnay aus Chile, dazu Gebäck, Schinkengipfel, Salzstangen, Tatarbrötchen. Zum Hauptgang wurden ein Rioja, ein Wiener Schweinebraten mit gedörrten Pflaumen und Knödel serviert. Das Dessert bestand aus Kaiserschmarren. Die Speisekarte war auf die Wiener Gäste abgestimmt, die Weine nicht.

Robert staunt über seine klaren Bilder des Vergangenen. Manchmal kann ein Tropfen das Glas zum Überlaufen bringen, kommt ihm in den Sinn, als er sich noch einmal an die Nacht vor der Vernissagenansprache erinnert.

Eine Reisegruppe folgt den Ausführungen der Reiseleiterin im Raum der Besinnung, während Robert immer noch vor sich hinträumt. Sie nimmt keine Rücksicht auf die anderen Anwesenden und erzählt mit lauter Stimme von den abenteuerlichen Zeiten, als man den Gotthard nur im Sommer über die Passstrasse habe überwinden können. Sie erzählt die Legende von der Teufelsbrücke. Robert hört ihr aufmerksam zu.

Der Sage zufolge sei die erste Brücke ein Bauwerk des Teufels. Den Urnern habe es einfach nicht gelingen wollen, die Schöllenenschlucht mit einer Brücke zu überwinden. Schliesslich habe der Landammann verzweifelt ausgerufen, der Teufel solle die Brücke bauen. Kaum sei der Satz über seine Lippen gekommen, sei der Teufel vor den Urnern gestanden und habe ihnen einen Pakt vorgeschlagen: Er wolle die Brücke bauen, wenn er als Gegenleistung die Seele des ersten, der die Brücke überquere, bekomme. Nachdem der Teufel die Brücke gebaut habe, hätten die schlauen Urner sich einer List bedient und einen Geissbock über die Brücke geschickt. Der Teufel sei über diesen Betrug sehr erzürnt gewesen und habe einen haushohen Stein geholt, mit dem er die Brücke habe zerschlagen wollen. Es sei ihm aber eine fromme Frau begegnet, die ein Kreuz auf den Stein geritzt habe. Den Teufel habe das Zeichen Gottes so sehr verwirrt, dass er beim Werfen des Steins die

Brücke verfehlt habe. Der Stein sei in der Schöllenenschlucht gelandet und werde seither Teufelsstein genannt. 1977 habe man den Stein um ein paar Meter verschoben, um der Gotthard-Autobahn Platz zu machen. Der Verschiebung des Teufelssteins wird in der heutigen Volkssage die unerklärliche Häufung von Verkehrsunfällen bei Kilometer sieben des Gotthard-Strassentunnels zugeschrieben.

Er wird den Teufel nicht enttäuschen, geht es Robert durch den Kopf. Er wird ihm die gestohlene Menschenseele mehrfach ersetzen. Ein ungutes Gefühl steigt in ihm auf. Das erschreckt ihn. Ist es die Störung durch die Reisegruppe, ist es der Hunger?

Er verlässt die Kultstätte und geht zurück zum Parkplatz. Robert öffnet den Kofferraum seines Autos und prüft die Ladung. Alles ist in Ordnung. Beruhigt geht er in die Raststätte. Der Tisch, an dem er mit der jungen Frau den Espresso getrunken hat, ist frei. Er setzt sich an den vertrauten Platz. Eine Gruppe in warme Kleider gehüllte Kinder auf dem nahe gelegenen Spielplatz gewinnt seine Aufmerksamkeit. Schnell lässt sich die Hierarchie unter ihnen ausmachen. Der kleine Junge mit der roten Mütze und der grünen Windjacke dominiert die drei Mädchen und den zweiten Jungen der Truppe. Er weist die Spielgeräte zu. Für sich nimmt er die Schaukel. Die Kindergruppe ruft bei Robert weitere Erinnerungen wach.

Eine unerbittliche Analyse

Roberts Hausarzt machte sich Sorgen. „Such dir einen Therapeuten oder eine Therapeutin." – „Ich bin ein Versager." „Setzen Sie sich erst", sagte die Therapeutin und begrüsste ihn. Er sass ihr gegenüber. „Erzählen Sie." „Ich habe meine Familie verlassen. Ich habe meinen Arbeitsplatz verloren. Ich habe einen Vertrag, eine einvernehmliche Trennung unterzeichnet. Seither finde ich keinen Schlaf mehr. Mein Lebensmodell ist gescheitert. Mein Glaube an das Gute hat sich nicht bestätigt. Ich brauche Hilfe."

Robert zitterte und brach in Tränen aus. Unkontrolliert. Er weinte, ohne zu sprechen. Sie sass ihm ruhig gegenüber. Sie könne ihm eine Therapie anbieten. Sie denke, es sei richtig, ihre Hilfe anzunehmen. Eigentlich habe er schon lange eine klassische Psychoanalyse nach Freud machen wollen. Das sei das Gute an der Situation, dass er jetzt diesen Schritt machen könne, ermutigte sie ihn.

Die Tränen versiegten. Robert schämte sich nicht. Er konnte weinen. Er weinte auch, als er Lara damals von der Trennung von Florian und dessen Freundin Franziska erzählte. Auf Lara wirkte es befremdend, wenn er weinte. Warum er weine, fragte sie erstaunt. Doch er mochte Franziska halt einfach. Sie war für ihn wie eine Tochter. Sie verstanden sich gut, teilten gemeinsame Interessen, die Kunst. Florian, der Kameramann, hatte sie verlassen. Auf einem Set hatte er sich in Maria, ein Skriptgirl, verliebt. Das konnte passieren. Dennoch hatte Robert die Trennung von Franziska und Florian sehr berührt. Ob es immer noch Maria war? Über Florians aktuelle Liebe wusste Robert nichts. –

„Wollen Sie essen?" Die Bedienung hat gewechselt. Eine dunkelhäutige junge Frau in der Uniform der Serviceangestellten – brauner Jupe, olivgrüne Bluse, orange Schürze – reicht ihm die Speisekarte. Schade, dass es keinen Wein gibt. Schnell entschlossen wählt er Geschnetzeltes an Rahmsauce mit Rösti, dazu eine Flasche Cola light. Die Kellnerin deckt zum Essen auf und verlässt ihn mit seiner Bestellung. –

Er sei der zweitgeborene Sohn und habe eine jüngere Schwester. Sie seien wohlbehütet, gut bürgerlich aufgewachsen, begann Robert in der ersten Therapiesitzung zu erzählen. Bruder und Schwester hätten die Aufmerksamkeit gehabt. Er habe sich damit abgefunden. Vater sei ein Opfer des Peter-Prinzips gewesen. Bauführer. Gegen oben habe er gekuscht, gegen unten getrampelt. Trotzdem hätten ihm die Italiener und Spanier, die Handlanger immer wieder Geschenke aus ihrer Heimat gebracht. Italienischen und spanischen Brandy. Sie hätten gewusst, dass sein Vater gerne trank. Dass er heimlich trinken musste, hätten sie aber nicht gewusst.

Vater habe gemalt. Immer am Sonntag sei er am Esstisch gesessen, den er sorgfältig mit alten Tageszeitungen abgedeckt habe. Darauf sei eine weisse

Leinwand gelegen, die auf ihr Motiv gewartet habe. Meist eine Landschaft. Eine Farbfotografie habe als Vorlage gedient. Vater habe sich mit seinen Bildern gebrüstet, wenn Besuch kam. Nur zwei Stunden habe er gebraucht, um diese Landschaft zu malen. Das Bild werde bestimmt sehr wertvoll, weil dort jetzt eine Siedlung gebaut werde und man die Landschaft nie mehr in ihrer ursprünglichen Schönheit sehen werde, habe er belehrend vor Roberts Onkeln und Tanten verkündet, seinem Publikum.

Während Vater gemalt und dazu Marschmusik gehört habe, sei die Mutter in die Kirche gegangen. Mutter habe Alkohol verabscheut. Vater hätte ein Vorbild sein sollen, habe sie gesagt. Und habe ihm Vorwürfe gemacht. Deshalb habe Vater heimlich getrunken. Sie habe es gewusst.

Mutter sei als Halbwaise, als jüngstes Kind von vier Geschwistern, in einer Baumeisterfamilie aufgewachsen. Ihre Stiefmutter habe sie nicht gemocht. Mutter sei eine gute Schülerin gewesen. Gefördert habe man sie nicht. Sie sei Hausfrau geworden, geblieben. Bei den Nachbarn sei sie beliebt gewesen. Ihre Bescheidenheit habe sie ausgezeichnet. Dass sie einer religiösen Gemeinschaft ausserhalb der Landeskirchen angehört habe, das habe niemanden gestört. Jeden Morgen sei sie um fünf Uhr aufgestanden, habe für Vater das Morgenessen gerichtet, ihm die sauber geputzten Schuhe bereitgestellt. Er habe sich nie bedankt. Vielleicht hätte Mutter den Milchmann kennenlernen sollen.

Die Eltern hätten selten über ihre Kindheit, über ihre Jugendzeit gesprochen. Wie sie sich kennengelernt hatten, hätten sie verschwiegen. An Erlebnisse mit Grosseltern könne er sich nicht erinnern. Ein Bild im Familienalbum habe Mutters Vater gezeigt – Samuel, seinen Grossvater, mit einem erlegten Fuchs. Er sei Baumeister und Jäger gewesen. Vaters Vater habe Adolf geheissen. Er sei Bauvorarbeiter gewesen. Beim Einstürzen einer Baugrube habe er mit 57 Jahren sein Leben verloren.

Sein Vater sei verwöhnt gewesen, habe er von seiner Tante, Vaters älterer Schwester, erfahren. Er habe bei der Mutter immer Vorrang gehabt. Sie habe in der Fabrik arbeiten müssen, Stumpen drehen. Er habe die Baufachschule besuchen dürfen. Die jüngere Schwester habe sich über das Zuhause ausgeschwiegen. Ihr sei keine Ausbildung vergönnt gewesen. Sie habe nach der obligatorischen Schulzeit mit ihrer älteren Schwester in der Fabrik gearbeitet, auch Stumpen gedreht. Später habe sie serviert. Sie sei jung an Magenkrebs gestorben.

„Ihr Essen." Die Kellnerin bringt ihm das Geschnetzelte und wünscht ihm guten Appetit. Er bestellt ein zweite Flasche Cola light. Auf dem Spielplatz hat die Szene gewechselt. Andere Kinder benutzen die Spielgeräte. Die Schaukel, die Rutschbahnen, den Kletterturm. Jetzt ist der Spielplatz in Mädchenhand. Ein halbwüchsiges Mädchen mit zwei langen Zöpfen, von Kopf bis Fuss in Dunkelblau gekleidet, hat das Sagen. Wahrscheinlich Italienerin, geht es ihm durch den Kopf. Das Essen schmeckt.

Im Kindergarten sei er das erste Mal verliebt gewesen. In zwei Mädchen gleichzeitig. In Ursula und Elisabeth. Die eine habe blondes, langes, gerades, die andere dunkelbraunes, gelocktes Haar gehabt. Sie hätten sich in dieser Dreiecksbeziehung wohlgefühlt. Es habe keine Eifersucht gegeben. Elisabeth und Ursula hätten sich auch gemocht, sie seien dicke Freundinnen gewesen. Er habe ihnen beim Baden im Gartenbad des Kindergartens mit seinem aussergewöhnlichen Schwimmring imponieren wollen, einem schwarzen Schlauch aus dem Pneu eines Lastwagenrades. Vater habe ihn nach Hause gebracht. Er sei Bauführer beim Bau der neuen Fabrikhallen für die Lastwagenfabrik in der Stadt gewesen. Elisabeth, die Bäckerstochter, habe immer etwas Süsses für die Pause gebracht. Susanne sei alleine bei ihrer Mutter aufgewachsen. Diese habe tagsüber als Sekretärin gearbeitet. Nach dem Kindergarten seien sie oft zu Ursula gegangen, um weiterzuspielen. Ihre Beziehung habe bis zur Einschulung gedauert. Dort seien sie getrennt und in verschiedene Klassen versetzt worden. Sie hätten sich aus den Augen verloren.

„Hier, Ihre Cola", unterbricht die Kellnerin seinen Tagtraum. Sie schenkt ein. „Prost." Er geniesst den ersten Schluck. Was für ein Tag: der stahlblaue Herbsthimmel, die vergnügt spielenden Kinder.

Er sei kein guter Schüler gewesen. Seine Schulkarriere sei im Schatten der Karriere seines Bruders
verlaufen. Der habe immer zu den Besten gezählt. Die
schlechten Noten seiner jüngeren Schwester seien
bei den Eltern nicht ins Gewicht gefallen. Sie sei ein
Mädchen und würde sowieso einmal heiraten. Wenn
seine Leistungen genügend gewesen seien, habe er
keine Probleme gehabt. Wenn der Vater eine Probe
mit einer ungenügenden Note habe unterschreiben
müssen, habe er ihm mit einer Lehre auf dem Bau
gedroht. Das habe Wirkung gezeigt.

Sie seien eine typische Schweizer Familie im Zug
des Bildungsbürgertums der Nachkriegszeit gewesen.
Er habe Sport getrieben. Fussball bei den Junioren.
Er sei Torwart gewesen. Seine sportlichen Leistungen
hätten für die regionale Juniorenauswahl ausgereicht.
Das habe in der Familie niemanden interessiert. Niemand habe je ein Spiel gesehen. Wenn er zu Hause
von einem Sieg erzählt habe, meinte er, in den Augen
des Vaters einen gewissen Stolz erkannt zu haben.
Der habe sich aber nie geäussert. Mutter habe Fussball primitiv gefunden. Sie habe ihn gewähren lassen,
sein Sportzeug gewaschen. Für eine Sportlerkarriere
habe die Unterstützung gefehlt.

Auch mit der Musik habe es nicht gelingen wollen.
Die ersten Stunden bei einer Blockflötenlehrerin mit
hochgeschlossener beiger Bluse, blauer Baumwoll-
jacke, grauem Jupe und fleischfarbenen Strümpfen,
einer Dauerwelle, den Füssen in geschnürten braunen
Halbschuhen sei der Anfang vom Ende gewesen. Das

Fräulein Blockflötenlehrerin sei an ihm verzweifelt. Nach einem Jahr sei das Projekt abgebrochen worden. Ein zweiter Versuch in der Jugendmusik sei ebenfalls gescheitert. Er habe davon geträumt, Trompete zu spielen wie Louis Armstrong. In der ersten Musikprobe habe er ein zerbeultes messingfarbenes, mit Grünspan versetztes Horn statt einer glänzenden Trompete erhalten. Lustlos habe er dem Monster Töne entlockt, was zu seinem Erstaunen sogar gelungen sei. Die Alternative sei das Knabenschiessen gewesen. Er habe das Schiessen nicht gemocht. Deshalb sei er lieber Bläser geblieben.

Er sei talentiert gewesen. Er habe alle Blechblasinstrumente gespielt, nur nie Trompete. Immer noch besser als Schiessen, habe er sich gedacht. Schliesslich hätten sich die Eltern erbarmt und ihm ein Saxofon gekauft. Das könne sein Bruder auch spielen, wenn Robert die Lust an der Musik verlieren würde, hätten sie gemeint. Der Bruder sei Klarinettist gewesen. Mit acht habe er sein eigenes Instrument bekommen. Das Trompetenspielen sei auch während seiner Ehe keine Erfolgsgeschichte geworden. Als er mit einer neuen Trompete zu Hause angekommen sei, habe ihm Lara das Üben verboten. Sie habe den Klang der Trompete gehasst. Er habe sich damit abgefunden und sei ein durchschnittlicher Saxofonist geblieben. Manchmal habe er einen Jazz-Standard gespielt und weiter vom Trompetenspielen geträumt, von Louis Armstrong, dem Trompeter. „Die Zeit ist abgelaufen", unterbrach ihn die Therapeutin. „Bis morgen."

Ob er noch einen Wunsch habe, will die Kellnerin wissen, ob das Essen recht gewesen sei. „Gut." Er bittet sie um die Dessertkarte. Noch gibt es keinen Grund zur Eile. Er schaut dem Treiben auf dem Spielplatz zu und folgt seinem Tagtraum. –

Viermal pro Woche lag Robert auf der Couch. Er habe die Kleider seines älteren Bruders austragen müssen. Manchmal hätten sie gleichzeitig etwas Neues bekommen. Sein Bruder habe ausgewählt. Der habe meistens das genommen, was Vater vorgeschlagen habe, um ihm zu gefallen. Er habe dann das Gleiche erhalten, eine oder zwei Nummern kleiner. Er solle sich nicht benachteiligt fühlen, habe der Vater gemeint.

Mit dreizehn habe er sich geweigert, das Gleiche wie sein Bruder zu tragen. Dieser habe als Gymnasiast bereits gebügelte Stoffhosen, einen Kittel, Hemd und Krawatte getragen. Mit siebzehn sei er Fuchsmajor in einer Studentenverbindung gewesen. Er habe Jeans und T-Shirt vorgezogen. Mit fünfzehn sei er an seiner ersten Demonstration gewesen. Dubček Svoboda! habe er 1968 auf dem Marsch durch die Stadt skandiert. Danach habe er sich an Demos gegen die Amerikaner in Vietnam, das Establishment, die geplanten AKWs beteiligt. Die Armut, die Ausbeutung der Arbeiter habe er vom Hören sagen gekannt.

Er sei ein Mittelständler. Ein Kind des Opportunismus. Ein Achtundsechziger sei er nicht, dazu sei er zu jung gewesen. Dennoch sei er ein Linker.

Die Lehrerinnen und Lehrer hätten ihm nahegelegt, die Schule zu verlassen. Er solle eine Lehre machen, da würde er sich wohler fühlen, hätten sie gemeint. Seine Eltern seien ihrem Rat gefolgt und hätten ihn von der Schule genommen. Vater habe ihm eine Lehrstelle bei einem Architekten vermittelt. Sein Bruder habe Informatik studiert. Er selbst sei Hochbauauzeichner geworden.

Ihn habe alles mehr interessiert als Beruf und Lehre. Trotzdem habe er die Ausbildung abgeschlossen. Nach dem Lehrabschluss habe ihn der Ehrgeiz gepackt. Er habe den Eintritt ins Technikum geschafft und Architektur studiert, Schwerpunkt Gestaltung.

Er habe seine Vorbilder kennengelernt, die Vertreter der klassischen Moderne. Eileen Gray habe ihn am tiefsten beeindruckt. Mit ihren klaren funktionalen Formen bei Gebäuden, bei den Möbeln. Eine starke Frau. Sie sei die Mutter der klassischen Moderne, habe er gedacht, die Mutter der Vertreter der Jurasüdfuss-Architektur von Franz Füeg zum Beispiel, obwohl er wohl eher von den Vätern von Mies van de Rohe, von Le Corbusier sprechen würde. Wer sich an Franz Füeg erinnern werde, frage er sich. Die Piuskirche in der Innerschweiz zähle zu seinen schönsten Bauwerken. Das durch den weissen transparenten Marmor eindringende warme Licht verwandle den Kultraum, einen schlichten Kubus, in eine Art Bernsteinzimmer.

Wenn er an seine Übermutter und seine Überväter denke, komme er ins Schwärmen. Wenige hätten diese Leidenschaft mit ihm geteilt. Lara schon gar nicht. Sie habe Hunde gemocht. Manchmal habe er den Eindruck gehabt, dass die Hunde vor den Söhnen, vor Anton und Florian, gekommen seien. Vor ihm seien sie auf jeden Fall immer gekommen.

Tag für Tag, wenn er nach Hause gekommen sei, hätten die Hunde, zwei Jura Niederlaufhunde, das schwarze Corbusier-Ledersofa besetzt. Nur wenn er insistiert habe, hätten sie ihm knurrend Platz gemacht. Ihre Haare hätten regelmässig an seiner schwarzen Hose, dem schwarzen Hemd oder dem schwarzen Pullover geklebt. Er habe immer Schwarz getragen. Das sei bei den Architekten, den Kunstschaffenden dieser Zeit üblich gewesen. Ein Ausdruck der Existenzialisten, habe er jeweils gesagt, wenn sich jemand über seine schwarze Kleidung aufgehalten habe. Nein, es habe nichts mit seiner Psyche zu tun. Heute sei er sich da nicht mehr so sicher. Dass die italienischen Faschisten Schwarz getragen hätten, das habe ihn gestört.

„Haben Sie etwas gefunden?" „Ja, bringen Sie mir einen Coupe Nesselrode. Mit Rahm, viel Rahm." Er mag Süsses.

Sie kamen mit der Therapie gut voran. Er habe Süsses seit Kindesbeinen geliebt. Mutter soll während der Schwangerschaft büchsenweise Ovomaltine gelöffelt haben. Während der obligatorischen Schulzeit habe er in den Schulferien regelmässig in einer Bäckerei gearbeitet. Jeden Tag habe er die Abschnitte der Creme-schnitten gegessen, um sich die Vorliebe für das Süsse abzugewöhnen. –

Wer sich an ihn erinnern werde, wenn heute bereits seine Überväter in Vergessenheit geraten seien? Andere hätten von seinen Ideen profitiert. Ihm sei es nicht vergönnt gewesen, in den Olymp der Schweizer Architekten, den Bund Schweizer Architekten, aufgenommen zu werden.–

Die Kellnerin bringt das Dessert. Er bestellt noch einen Espresso. Der Kinderspielplatz ist leer.

Er sei schon in der Kindheit gescheitert. Er sei immer die Nummer zwei – zwischen dem Kronprinzen, dem ersten Sohn, und der Prinzessin, der einzigen Tochter – gewesen. Das sei so geblieben bis zum Tod der Eltern. Süsses und Enttäuschung, das habe gepasst. Er sei im Beruf gescheitert. Er sei auch im Büro die Nummer zwei gewesen. Wenn sie einen Architektur-wettbewerb gewonnen hätten, habe man von der Nummer eins gesprochen. Vom Sieber, dessen Vater, der dem Architekturbüro, in dem er gearbeitet habe, den Namen gegeben habe. Obwohl es meistens seine Ideen gewesen seien. Er sei in der Ehe gescheitert. Er habe Lara aus dem gemeinsamen Schlafzimmer ausziehen lassen. Er habe nicht nach dem Warum gefragt. Er habe auf den gemeinsamen Sex verzichtet. Als er sich neu verliebt habe, habe er Schuldgefühle gehabt. Er habe Lara verlassen. Er habe ihr das Haus und das Ersparte überlassen, er habe Alimente bezahlt, obwohl Anton und Florian schon lange von zu Hause ausgezogen waren. Das schlechte Gewissen. Erst nach drei Jahren der Trennung, bei der Scheidung, habe er gemerkt, wie ihn Lara ausgenommen habe. Er habe am Existenzminimum gelebt – das passe zum Existenzialisten. Robert lächelte selbstironisch vor sich hin.

Der erste Löffel vom Coupe Nesselrode versüsst den Nachmittag. – Der Duft des Espressos kündet die Kellnerin an. Er trinkt ihn am liebsten ohne Zucker, ohne Milch. Schwarz.

Robert erzählte, erzählte und erzählte. Die Therapeutin fragte wenig. Meist begann er mit dem aktuellen Tagesgeschehen, bevor er dann auf Vergangenes zu sprechen kam. Seine Mutter sei sehr gläubig gewesen. Sie sei zweimal wöchentlich in die Kirche gegangen. Sie sei Anhängerin einer Sekte gewesen. Sie habe an die Heilung durch den Glauben geglaubt. Sie habe nie einen Arzt konsultiert. Sie sei Mutter gewesen. Sie habe den Haushalt gemacht. Das sei ihr Beruf gewesen. Sie habe sich hinter ihrem Glauben versteckt. Er sei ihre einzige Zuversicht gewesen.

Wenn Vater getobt habe, habe sie gebetet. Als er, Robert, gestohlen habe, habe sie gebetet. Als er krank gewesen sei, habe sie gebetet. Ihm sei das Beten schwergefallen. Er habe geglaubt, um der Mutter zu gefallen. Er habe gebetet, um der Mutter zu gefallen. Er sei in die Sonntagsschule gegangen, um der Mutter zu gefallen. Er sei in die Schule, um der Mutter zu gefallen. Er habe alles getan, was Mutter von ihm verlangt habe. Er habe gelitten. Er habe die Schmerzen eines Schlüsselbeinbruchs ertragen. Die Mutterliebe sei eine unglaubliche Bedrohung gewesen, verbunden mit einer unglaublichen Angst, sie zu verlieren. Die bedingungslose Liebe habe die Mutter nicht gekannt. Die Voraussetzung für ihre Liebe sei der Glaube gewesen. Wer nicht glaube, werde nicht geliebt, sei ihre Devise gewesen.

Sein Vater habe seine Zeichnungen vernichtend kritisiert, obwohl er sein Vorbild gewesen sei. Vater sei ein riesiger Egoist gewesen. Er habe immer nur an sich gedacht. Seine Bilder seien die besten Bilder gewesen. Er habe immer von seiner schwierigen Jugend erzählt, etwa, dass ihn Grossvater mit dem Lederriemen versohlt habe. Das habe gar nicht gestimmt, habe ihm seine Tante, die ältere Schwester des Vaters, verraten. Vaters Tugenden hätten den Erwartungen der Gesellschaft entsprochen. Wer abends trinke, könne morgens auch arbeiten. Von nichts komme nichts.

Vom Glauben der Mutter habe er nicht viel gehalten. Er habe ihn toleriert. Er habe aber auch darunter gelitten, unter den damit verbundenen Vorwürfen. Darunter, dass Rauchen und Trinken Sünden seien. Die Eltern hätten sich nicht scheiden lassen, weil es sich nicht geziemt habe. Schon gar nicht, wenn Kinder da gewesen seien. Kinder geschiedener Eltern hätten nicht die gleichen Chancen in der Schule. Es den Eltern recht zu machen, sei sehr anstrengend gewesen.

Er habe als Zweitgeborener einen gewissen Freiraum genossen. Mutter habe ihn unterstützt. Sie habe ihm immer wieder Wünsche erfüllt. Sie habe ihn vor dem Vater beschützt. Oft sei es ihm gelungen, sie zu täuschen. Er habe sie überredet, ihm Zigaretten zu kaufen, damit er Chemieversuche machen könne. Mit dreizehn habe er so zu rauchen angefangen. Gallant mit einem Aktivkohlefilter. In der Lehre habe er sich den Gauloise-Rauchern angeschlossen, man habe ihm erzählt, Künstler, Schriftsteller und die intellektuellen Franzosen würden diese Marke rauchen. Das habe ihn überzeugt. Vater habe Turmac ronde geraucht, eine bürgerliche Zigarette. –

Die Ursachen von Roberts Verzweiflung sässen tief. Die Verletzungen seiner Seele würden schwer wiegen, erfuhr er in der Therapie. Er spürte es. Er fühlte es. Immer wieder traten sie auf, diese Selbstzweifel, wenn ihn ein Gedanke an eine Situation, die zum Vertrag der einvernehmlichen Trennung geführt hatte, einholte, wenn er an die Scheidung dachte. Robert erzählte der Therapeutin von der Enttäuschung seiner ersten grossen Liebe. Er habe sie später trotzdem geheiratet, mit ihr zwei Söhne gehabt.

Mit fünfzehn sei er das erste Mal in sie verliebt gewesen. Er habe neue Gefühle kennengelernt. Es sei damals etwas Unbekanntes gewesen. Etwas Unbeschreibliches. Sein ganzes Leben, all seine Gedanken seien um Lara gekreist. Um die junge Frau mit den blondbraunen langen Haaren mit den Stirnfransen. Sie habe meistens Jeans getragen. Manchmal Minijupes.

Er sei ihr in der Schule im Gang begegnet. Wenn er mutig gewesen sei, habe er sich in ihre Nähe gesetzt. Sie habe die kaufmännische Berufsschule besucht. Sie habe am gleichen Wochentag Berufsschulunterricht wie er gehabt, wie die Hochbauzeichner. Manchmal habe er geglaubt, dass sie ihn beobachtete.

Ob sie für ihn auch etwas empfunden habe? Er habe es herausfinden müssen. Er würde sie fragen, sobald sich eine Gelegenheit bieten würde. Im Schwimmbad vielleicht. Sie sei oft hingegangen und habe sich mit ihren Schwestern, ihrer Mutter getroffen. Manchmal, an den Wochenenden, sei auch ihr Vater dabei gewesen. Er habe es unter der Woche probieren müssen, wenn sie alleine oder mit einer Freundin an ihrem Platz am Fluss gesessen habe. Er würde sie fragen, ob sie ihn zum Schwimmen im Fluss begleiten möge. Flüchtig hätten sie sich schon ein paarmal gegrüsst. Aber richtig gesprochen hätten sie sich noch nie. Er habe ihren Vornamen nicht gekannt. Ob sie seinen gewusst habe? Er habe es nicht gewusst. Beim Schwimmen würde er es herausfinden.

An einem Mittwoch sei es so weit gewesen. Sie habe den braunen Bikini getragen und sei alleine am Ufer des Flusses gesessen, zwischen Schwimmbecken und Fluss. Sie habe gelesen. Er habe allen Mut zusammengenommen und sei nahe an ihr vorbeigegangen. Sie habe ihn nicht bemerkt. Sie sei ins Lesen vertieft gewesen. Er habe sich nicht getraut, sie anzusprechen. Unweit habe er sich an den Beckenrand des Fünfzigmeter-Beckens gesetzt und sie beobachtet.

Wie schön sie sei, habe er gedacht. Ob er schwimmen komme, habe ihn die Stimme seines Kollegen Franz aus seinen Träumen gerissen. Das sei ihm ungelegen gekommen. Doch er habe seine Liebe nicht verraten wollen. Er habe nicht Gefahr laufen wollen, ausgelacht zu werden, deshalb habe er zugestimmt. Sie hätten sich auf den Weg gemacht, seien dem Fluss entlang vorbei an der Eisenbahnbrücke hinauf zur Waage geschlendert, wo der Flusslauf stark mäandert habe, ein idealer Platz, um in die Fluten zu springen. Er habe an nichts anderes als die Stahlleiter direkt vor ihrem Platz am Fluss gedacht, dort werde er aus dem Wasser steigen. So habe sie ihn nicht übersehen können. Er würde auf sie zugehen und sie fragen, ob sie ihn begleiten wolle. Er sei kopfüber ins Wasser gesprungen und geschwommen, was das Zeug hielt.

Franz habe den Fluss auf der Höhe der Eisenbahnbrücke verlassen. Er habe vom Pfeiler springen wollen. Er habe abgewinkt und sei auf die Eisenleiter zu gekrault. Er habe sich daran festgehalten und gegen die Strömung gekämpft. Noch ein Tritt, und sie wäre in seinem Blickfeld gewesen.

Der Platz sei leer gewesen. Immerhin habe ihr Frottiertuch noch dagelegen. Es habe noch Hoffnung bestanden. Er sei zum Schwimmbecken gegangen. Dort sei sie am Beckenrand mit einer Kollegin gesessen. Direkt neben ihnen habe er einen Kopfsprung gemacht. Das Wasser habe aufgespritzt. Ein Schrei, und sie seien weggewesen. Kindskopf, habe er zischende Stimmen gehört. Er habe noch einmal allen Mut zusammengenommen, sei zu ihrem Platz gegangen und habe halblaut eine Entschuldigung gemurmelt.

Franz sei zurückgekommen und habe ihn noch einmal aufgefordert, den Fluss hinunterzuschwimmen. Ob sie ihn begleiten wollen, habe er die beiden jungen Frauen spontan eingeladen. Ein kurzes Zögern. Warum nicht.

Zu viert seien sie dem Flusslauf entlanggeschlendert. Schweigend. Niemand habe sich auf ein Gespräch einlassen wollen. Franz habe von seinem Kopfsprung vom Pfeiler der Eisenbahnbrücke zu erzählen begonnen. Wichtigtuer, habe er gedacht. Ob sie das beeindrucken würde, habe er sich gefragt. Er habe ein neues Gefühl verspürt. Das müsse Eifersucht gewesen sein.

Ob sie die jungen Blässrallen gesehen hätten, habe er mit seinem ornithologischen Wissen die Aufschneiderei von Franz zu kontern versucht. Sie seien herzig, hätten die beiden jungen Frauen gleichzeitig geantwortet. Eins zu null für ihn, habe er stumm und zufrieden vor sich hin geschmunzelt. Sie hätten die ideale Stelle erreicht, um in den Fluss zu springen.

Franz sei kopfvoran als Erster gesprungen. Die jungen Frauen hätten sich Zeit genommen, sich an das kühle Nass gewöhnend seien sie ins Wasser geglitten. Er sei als Letzter gefolgt. Diesmal habe es ihm nicht langsam genug gehen können. Er habe sich nur von der Strömung treiben lassen und es genossen, in ihrer Nähe den Fluss hinunterzuschwimmen.

Er sei total verliebt gewesen, habe er gemerkt. Franz habe mit Kapriolen im Wasser auf sich aufmerksam machen wollen. Vergebliche Anstrengungen, habe er gedacht und sich am gemeinsamen Bad im kalten Fluss gefreut.

Sie hätten sich bis ans Ende des Schwimmbadareals treiben lassen. Ob sie noch einmal den Fluss hinunterschwimmen wollten, habe er sie erneut eingeladen. Sie habe abgelehnt. Vielleicht später, habe sie ihn vertröstet. Ob er sich zu ihnen setzen dürfe, habe er gefragt. Sie hätten nichts einzuwenden. Er habe sein Frottiertuch geholt und es neben seiner „Meerjungfrau" ausgebreitet. Er habe sich vorgestellt. „Robert. Robert Blum". Sie würden sich von der Gewerbeschule her kennen, habe er versucht, ein Gespräch in Gang zu bringen. „Lara, Susanne."

Sie hätten ihre Bücher zur Hand genommen und zu lesen begonnen und sich in der warmen Sonne geräkelt. Hesse. Susanne das „Glasperlenspiel", Lara den „Steppenwolf". Er habe sie beobachtet, die Augen geschlossen und zu träumen begonnen, von Laras Körper, den zarten weiblichen Rundungen, der Bauchfalte unter dem Nabel. Es habe ihn erregt. Er habe sich auf den Bauch gedreht. Er habe sich im Glück gewähnt. Als ihnen die Sonne die letzte Wasserperle von der Haut getrocknet habe, sei Susanne aufgebrochen, sie habe noch eine Verabredung in der Stadt.

Sein Puls sei gerast. Lara sei geblieben. Er sei erleichtert gewesen. Ob sie ein Eis möge, habe er sie eingeladen. Erdbeere habe sie am liebsten. Er sei zum

Kiosk gegangen, um zwei Eisbecher zu holen. Einmal Erdbeere, einmal Schokolade. Das Schwimmbad stamme aus der Zeit der klassischen Moderne. Es sei ein schlichter Betonbau. Während des Zweiten Weltkriegs seien zahlreiche öffentliche Bauten im Rahmen des Arbeitsbeschaffungsprogramms im Kampf gegen die Arbeitslosigkeit erstellt worden. Mussolini habe Strassen, Autobahnen, die Autostrada del Sole gebaut. In den Kleinstädten in der Schweiz seien Schwimmbäder, Schulen, Spitäler entstanden.

Er habe Lara am Abend vom Schwimmbad nach Hause begleitet. Ihre Eltern seien als Fremdarbeiter in die Schweiz gekommen. Sie hätten als Schuhmacher in einer Schuhfabrik am Fluss gearbeitet. Ihre Nonna und ihr Nonno hätten in einem kleinen Dorf im Piemont gewohnt. Der Heimweg habe sie entlang des Flusses zum nächsten Dorf im Nordosten der Stadt geführt. Sie hätten sich über Unspektakuläres ausgetauscht, über den Büroalltag, die Schule. Bei ihr zu Hause angekommen, hätten sie sich fürs Wochenende zum Tanzen im Club verabredet.

Er sei mit dem Bus zurück in die Stadt gefahren. Kaum zu Hause, habe er sie angerufen und sich für den schönen Nachmittag, für den gemeinsamen Spaziergang bedankt.

Er habe fast nichts essen können. Er habe keinen Schlaf gefunden. Er sei das erste Mal richtig verliebt gewesen. Die grosse Liebe. Er habe den Samstag kaum erwarten können. Ob sie kommen würde. Er sei viel zu früh im Club gewesen. Die Zeit habe still zu stehen gescheint. Seine Augen hätten den Eingang fixiert. Je mehr Zeit verstrichen sei, desto mehr sei die Hoffnung gewichen, dass Lara zu ihrem Rendezvous erscheinen würde.

Um 22 Uhr habe er die Hoffnung aufgegeben. Zu früh, wie sich Minuten später gezeigt habe. Er sei allein an der Bar gestanden und habe sich zu fassen versucht. Es sei nicht einfach gewesen. Sein Herz habe aus der Brust zu springen gedroht. Er habe tanzen wollen.

Er sei auf eine junge Frau zugegangen. Sie habe Lara geglichen und hätte ihre Schwester sein können. Sie habe ihn auf die Tanzfläche begleitet. Sie hätten sich zu den Rolling Stones bewegt. „I can't get no ..." Er habe sich vorgestellt. Rita, habe sie ihm ins Ohr geschrien. Die Musik sei sehr laut gewesen. An ein Gespräch sei nicht zu denken gewesen. Er sei rhythmisch vom linken auf den rechten Fuss getreten und zurück mit halb geschlossenen Augen, er habe sich auf die Musik konzentriert.

Rita sei eine gute Tänzerin gewesen. Sie habe sich in ihrer engen Bluse und den hautengen Jeans anmutig bewegt. Sie sei eine attraktive Frau gewesen. Mit einer gekonnten Bewegung habe sie sich immer wieder ihr dunkelrot gefärbtes, gewelltes langes Haar aus dem Gesicht gestrichen. Männerblicke hätten sie beobachtet. Sie habe das genossen, das Bad in der Menge, die Aufmerksamkeit.

Lara würde nicht kommen, habe er gedacht, als sie plötzlich mit zwei anderen jungen Frauen in der Eingangstür erschienen sei. Sie habe ihm zugenickt und sich mit ihren beiden Begleiterinnen an einen freien Tisch gesetzt. Er habe das Ende des Musikstücks nicht abgewartet, sich bei Rita für den Tanz bedankt und sie an ihren Tisch begleitet. Darauf habe er sich Lara zugewandt.

Er habe sie flüchtig auf die Wangen geküsst und sich zu ihr gesetzt. Sie hätten den Unterbruch der Musik genutzt, um sich kurz auszutauschen. Sie habe sich entschuldigt – sie habe den Bus verpasst und Vater habe zuerst einen Film schauen wollen, bevor er sie in die Stadt gefahren habe. Jimi Hendrix' „Hey Jo" habe dann die endlose Tanznacht eingeläutet. Ihre Körper hätten sich im Rhythmus der Musik gewiegt. Langsame Stücke hätten sie eng umschlungen getanzt. Er habe Angst gehabt, dass seine Hose hätte anschwellen können. Er sei von einem Gefühl zwischen Lust und Glück erfüllt gewesen.

Die letzten Takte der Nacht seien ausgeklungen, das Lokal sei hell erleuchtet gewesen. Es sei spät gewesen. Er habe ihr vorgeschlagen, sie nach Hause zu bringen. Lara habe Jacke und Tasche genommen und sich bei ihm eingehängt. Sie seien zum Fluss geschlendert, der sie auf dem Heimweg begleitet habe. Ob sich Verliebtsein so anfühle, habe er sich gefragt und die ihm unbekannten Gefühle genossen. Es sei die schönste warme Sommernacht, das hellste Lichtermeer am Nachthimmel, das virtuoseste Konzert der Nachtgeräusche der aufgescheuchten Wasservögel gewesen.

All das habe er noch nie so erlebt, ja das habe Liebe sein müssen, habe sich das Gefühl von der Badeanstalt bestätigt. Schweigend seien sie Hand in Hand durch die Dunkelheit spaziert. Was nach zwei Jahren geblieben sei: grosse Enttäuschung. Hass. Sie seien zu jung, um zusammenzubleiben. Sie müsse noch andere Erfahrungen sammeln, so ihre Begründung, als sie ihn verlassen habe. – Jahre später habe sie sich scheiden lassen, um ihn zu heiraten.

„Bezahlen bitte." „Sofort!", antwortet die Kellnerin. Wenig später kommt sie mit der Rechnung zurück. Robert bezahlt, überlässt ihr ein stattliches Trinkgeld und bedankt sich für die aufmerksame Bedienung. Sie wünscht ihm gute Fahrt. Seine Limousine begrüsst ihn mit blinkenden Warnlichtern. Die Fernverriegelung funktioniert.

Wiederholt wirft er einen Blick in den Kofferraum. Alles ist da. Beruhigt setzt er sich hinters Lenkrad. Er sitzt bequem. Der Autositz hat sich in der Herbstsonne aufgewärmt. Robert geniesst das angenehme Gefühl, das seinen ganzen Körper durchströmt. „Es läuft alles normal auf den Schweizer Strassen", verkündet die Stimme aus den Lautsprechern des Autoradios. „Es läuft alles nach Plan", antwortet Robert der Radiostimme. Robert startet den Motor. Auf Anhieb springt er an und verrät mit seinem leisen Schnurren seine Zuverlässigkeit.

Er legt den Rückwärtsgang ein und kurvt aus dem Parkfeld. Dabei übersieht er eine Fussgängerin, die sich gerade noch mit einem Sprung ins angrenzende Blumenbeet retten kann. Er öffnet das Fenster und entschuldigt sich. „Jetzt sind Sie gewarnt, passen Sie besser auf!" Sie lacht. Er legt den Vorwärtsgang ein und verlässt den Parkplatz Richtung Autobahnauffahrt Richtung Süden. Seine Limousine surrt zufrieden vor sich hin und reagiert prompt auf seinen Druck auf das Gaspedal. Er liebt das Autofahren. Es bringt seine Gedanken in Fluss.

Der Berg

Die Autobahn führt auf dem direktesten Weg durch das Reusstal. Roberts Gotthard-Reise ist die Reise in ein neues Leben. Er will Vergangenes hinter sich lassen. Es dem Berg überlassen. Der Gotthard ist Wasserscheide, verbindet den Norden mit dem Süden, ist Grabstätte von Mineuren. Bei der Vorbereitung seines Projekts schmökert er in Geschichtsbüchern, in der Baugeschichte der Gotthardtunnel – des Eisenbahntunnels, des Strassentunnels. Bei seinen Recherchen begegnet er Geologie- und Geschichtsbüchern, Goethes Briefen an Schiller. Obwohl er eine durchzogene Schulkarriere hinter sich hat, ist er ein gutes Beispiel schweizerischer Allgemeinbildung. –

Goethes gesammelte Werke standen bei seinen Eltern mit rotem Kunstledereinband und goldener Prägeschrift ungelesen in der Wohnwand.

Robert weiss: Goethe erzählte in seinen Briefen an Schiller von seiner Übernachtung im „Schwarzen Löwen" zu Altdorf, von wo er am nächsten Morgen im Herbst 1797 nach Wassen aufbrach. Der Weg führte ihn auf der rechten Uferseite der Reuss leicht ansteigend durch das Tal. Nach zwei Wegstunden erreichte er in Erstfeld die nahe der Reuss stehende barocke Jagdmattkapelle. Er besuchte die „artig bemalte saubere Kirche" und wunderte sich. „Die Kirche ist offen und geputzt, und doch ist niemand weit und breit, der darauf achtgibt." Von Erstfeld nach Silenen hielt sich der Schriftsteller weiter an die rechtsufrige

Säumerroute. Das Wandern weckte seinen Appetit. Er querte das Silenen-Dörfli. Erleichtert erkannte er in Amsteg das Wirtshausschild der Gaststätte „Stern und Post". Er liess sich in der getäferten Gaststube im ersten Stock zum Mittagessen nieder und verzehrte eine frische Forelle aus dem nahen Fluss. Nach dem Essen folgte das steile Wegstück nach Gurtnellen-Wiler. Entlang des Wiesenwegleins führte der Weg im wieder etwas flacheren Reusstal weiter über die zweibogige Brücke zur auf dem Ostufer liegenden St.-Anna-Kapelle mit ihrem grossen Vordach. Nach einem weiteren steilen Aufstieg auf dem Saumweg erreichte Goethe, sichtlich gezeichnet von den Reisestrapazen, Wassen, sein Tagesreiseziel, wo er im Zollhaus nächtigte.

Das zu Tal stürzende Wasser der Reuss fällt Robert beim Blick zwischen den Trägern der Autobahngalerie auf. „Walle, walle manche Strecke, dass zum Zwecke Wasser fliesse", murmelt er aus Goethes „Zauberlehrling" vor sich hin. Mehr weiss er nicht mehr. Er nähert sich Wassen. Für Goethes Tagesreise braucht Robert fünfunddreissig Minuten.

Die Kehrtunnel von Wassen vergisst er nie. Wie oft man das Kirchlein von Wassen sehe, fragte sie der Klassenlehrer auf der Schulreise durch den Gotthard. Viermal, kam es aus ihren Kehlen, wie aus der Kanone geschossen. Warum?, die Frage des Lehrers. Wegen der Kehrtunnel, ihre Antwort. Niemand sprach vom

Streik der Mineure. Niemand sprach vom Armeeeinsatz, von den fünf toten Bergbauarbeitern und von den vielen Verletzten, dem Preis für das Niederschlagen des Aufstands der damals Ausgebeuteten beim Bau des Gotthard-Eisenbahntunnels. Niemand sprach von den tödlich verunfallten Mineuren, von den Menschenopfern, die der Berg gefordert hatte.

Luigi war seit 1872, dem Baubeginn des Gotthardtunnels, gemeinsam mit seinem Bruder Stefano in der Schweiz. In diesem Jahr verstarb Giuseppe Mazzini, der Kämpfer für eine italienische Republik. Er war der erste italienische politische Flüchtling in der Schweiz. Es war in der Zeit der Macchiaioli, Lega, Fattori, Signorini, der italienischen Impressionisten.

Robert erinnert sich an die Ausstellung im Forte Belvedere in Florenz. An die kleinen Ölgemälde auf den Holzdeckeln der Zigarrenschachteln, die Entwürfe verschiedener Gemälde von Landschaften, Menschen. Daran, dass er auf dieser Italienreise Mazzinis Grab auf dem Friedhof Staglieno in Genua besucht hatte.

Die beiden Navara-Brüder aus dem Piemont arbeiteten als Mineure. Sie lebten in einer der armseligen Baubaracken am Dorfrand von Göschenen. Sie teilten ihr Bett mit Giuseppe, einem Bauernsohn aus San Roco, aus dem gleichen Dorf unweit von Cuneo. Gemeinsam mit sechs weiteren Mineuren wohnten sie in einem kleinen Raum mit drei Kajütenbetten ohne Fenster. Der Zweischichtbetrieb bedingte, dass sie ihre Betten gemeinsam nutzten. Einer schlief, einer arbeitete, einer war im Dorf unterwegs. Zwischen den schmutzigen Kleidern an der Bettstatt hingen die Salami, das harte Brot, getrocknete Kräuter.

Luigi war der Jüngste von ihnen. Es fiel ihm schwer, sich mit der Situation zurechtzufinden. Von seinem kleinen Lohn schickte Luigi den grössten Teil nach Hause, wie die meisten, wie Stefano, sein Bruder. So hatten Nonna und Nonno, die Eltern und die jüngeren Geschwister etwas, um zu überleben. Zweimal pro Monat hatte Luigi eine Woche Tagesschicht, zwei Wochen Nachtschicht. Tag und Nacht wurde in der Tunnelröhre gearbeitet. Der Tag wurde zur Nacht, die Nacht zum Tag.

Die Mineure sprengten, die Schotter räumten das Material weg und die Maurer bauten den Tunnel aus. Alle arbeiteten hart, die Mineure am härtesten.

Tag für Tag streifte Luigi sich nach einem kurzen unruhigen Schlaf die gleichen staubigen Kleider über und machte sich zu Fuss zum Gotthard-Nordportal, um in die Eingeweide des Berges vorzustossen. Dort bohrte er Löcher in das harte Gestein, steckte Sprengstoff hinein, verlegte Zündschnüre und liess es knallen. Ein lauter Knall, lärmiges Getöse, eine dicke Staubwolke – Zeichen des Schmerzes des verwundeten Bergs.

Allzu früh schickte man sie zum Sprengplatz zurück, um weiter vorzudringen. Der beissende, giftige

Rauch reizte die Atemwege, obwohl man sich mit einem umgebundenen Tuch zu schützen versuchte. Wieder wurde gebohrt, gesprengt, gebohrt, gesprengt. Eine Schicht dauerte zwölf Stunden. Die Luft war schlecht, es gab kaum Licht im Stollen. Die Arbeit war gefährlich. Ein paar Tage zuvor waren vier Kumpane an den giftigen Dämpfen des Sprengstoffs gestorben, weil sie nach der Sprengung allzu früh in die Tunnelröhre zurückkehrten.

Während der Arbeit dachte Luigi an den Acker zu Hause im Piemont, daran, wie er mit dem Pferd und dem Pflug die Scharen in den Boden zog, um später Mais zu pflanzen. Die Herbstsonne wärmte seinen nackten, braun gebrannten Oberkörper. Der Braune zog stetig den Pflug. Luigi führte ihn am Halfter, während Stefano die Pflugmesser in die Erde drückte. Am Feldrand warteten ein Krug mit kräftigem Rotwein, ein Stück Käse und das Brot der Nonna auf die Pause der Feldarbeiter. Nebelkrähen und Dohlen folgten der Pflugspur und genossen die ans Licht gebrachten Erdbewohner, Würmer und Käfer.

Die letzte Zündschnur war gesetzt. Die Mineure zogen sich zurück. Der Knall blieb aus. Ein Blindgänger. Die Mineure sahen sich besorgt an. Luigi wurde bestimmt, zu den Sprenglöchern zurückzukehren. Sich auf dem Acker im Piemont wähnend, machte er sich auf den Weg zurück, um die Zünder zu prüfen. Er verspürte keine Angst – allzu sehr war er mit seinen Gedanken zu Hause bei Nonna und Nonno, die ihn nach getaner Feldarbeit auf der Bank vor dem Haus im Dorf erwarteten. Eindringendes Wasser hatte die Lunte gelöscht. Luigi verlegte eine neue Zündschnur. Minuten später der vertraute Knall.

Stimmengemurmel der ankommenden Kumpel kündete den Schichtwechsel an. Luigi zog sich das Hemd und den Kittel über. Auf dem Weg zum Ausgang kreuzte er Stefano. Sie winkten sich zu. Ihre Blicke sprachen eine deutliche Sprache. Viel Glück. Mach's gut. Bis später. Sagten sie sich. Ohne ein Wort zu verlieren. Die Postenchefs trieben sie an wie Tiere. Sie forderten das Letzte von jedem Einzelnen. Wer nicht parierte, wurde ausgewiesen. Die Geldquelle versiegte. Das konnten sie sich nicht leisten, die Fremdarbeiter aus dem Piemont, sie waren auf das Geldgerinnsel angewiesen. Es diente dem Überleben der Geliebten zu Hause im Dorf.

Ein ätzender stickiger Geruch strömte Luigi entgegen, als er die Tür zum Zimmer öffnete. Das Schnarchen der schlafenden Kumpel erfüllte den Raum. Leise entledigte er sich der staubigen Kleider und stieg hinauf zum Schlafplatz auf dem Kajütenbett. Die Decken waren noch warm. Giuseppe hatte das Bett noch nicht lange verlassen. Luigi dachte an Maria. An ihre schwarzen lockigen langen Haare, den schlanken Hals, die dunkelbraunen, mandelförmigen Augen. An den Ausschnitt der weissen Bluse, die den Blick auf den Ansatz ihrer Brüste freigab, an den faltigen blauen Jupe, der ihren wohlgeformten Hintern betonte, wenn sie sich bei der Ernte nach den Kartoffeln bückte. Sein Glied schwoll an. Das schlechte Gewissen überkam ihn, als er sich bei den Bildern von Maria, der Geliebten seines Bruders, erregte. Er schlief ein.

Nach kurzem Schlaf machte er sich auf den Weg zur Kantine. Vor einer heiss dampfenden dünnen Kohlsuppe kehrte er langsam in den Tag zurück. Die Nachtschicht war am anstrengendsten, wurde es ihm einmal mehr bewusst. Die Kumpels waren zu müde, um zu sprechen. Jeder sass vor seiner Suppe und blickte in Gedanken versunken ins Leere. Luigi träumte von der Minestrone der Nonna, den Bohnen, den Karotten, den Kartoffeln, den Teigwaren, den Kräutern. Manchmal hatte es gar ein Stück Rindfleisch dazwischen in der Kraftbrühe. Die Kohlsuppe wurde zur Traumsuppe, zur Minestrone der Nonna. Die andern waren erstaunt über Luigis verträumtes Gesicht und maulten über die dünne, fade Brühe, die sie dennoch bis zum letzten Tropfen mit hartem Brot auftunkten.

Luigi schloss sich einer Gruppe von fünf Kumpels an, um draussen vor der Baracke Boccia zu spielen. Mit ein bisschen Glück liessen sich die spärlichen Tageseinkünfte mit dem Spiel aufbessern. Heute lief es gut. Luigi gewann mit seinen Kollegen Spiel um Spiel. Doch bei der Spielabrechnung kam es zum Streit. Ein Kumpel der Gegner zog gar ein Messer, der Schwarze Mann trat hinzu: Salvatore war gross, breitschultrig, muskulös, ein schwarzer Bart, schwarzes, langes, wildes Haar verstärkte den drohenden Blick seiner beinahe schwarzen, eng stehenden Augen unter den struppigen Brauen. Er war ganz in Schwarz gekleidet und trug einen steifen schwarzen Hut mit einer roten Feder. Seine Erscheinung traf seinen Namen, der Schwarze Mann. Einige behaupteten, er sei der Sohn des Teufels. Wenn er auftauchte, schwiegen alle. Das blanke Messer verschwand. Die Schuldner bezahlten. Selbst die Einheimischen, die Göschener, stellten das Lästern über die „Tschinggen" ein, wenn er auftrat.

Luigi halfen die Tagträume, die unerträgliche Situation in dem rauen Bergtal, die harte körperliche Arbeit, die unmenschliche Unterkunft, das spärliche Essen zu ertragen. Er machte sich auf zu Melchior, dem Wirt im „Rössli". Die Gaststube war bis auf den Stammtisch leer. Melchior polterte und fluchte über die Italiener. Es vergehe kein Tag, an dem sie nicht stritten, wenn sie zu viel Bier getrunken hätten. Auch würden ihm viele noch die Zeche schulden. Dieses Pack. Als Luigi eintrat, sprach er leiser. „Julia!", rief Melchior seine Tochter. Sie solle den „Tschinggen" bedienen. Nie würde er so einem persönlich ein Bier bringen. Die gingen unter Tag in die Beiz, die faulen Siechen, wetterte ein Eingeborener.

Luigi konnte ihre Sprache nicht verstehen, wohl aber ihre Blicke. Er wusste, dass er nicht willkommen war. Das „Rössli" war eine der Susten, wo die Postkutsche vor der Passfahrt über den Gotthard halt machten. Hier kamen die grossen Herren, die Ingenieure, die Beamten an, die den Bau am Gotthardtunnel inspizierten, wusste Luigi.

Julia brachte ihm einen Humpen Bier mit einer schönen, zwei Finger breiten Schaumkrone. Sie lächelte Luigi zum Ärger des Vaters freundlich an.

„Salute", wünschte sie und wendete sich ab, um hinter der Theke die schmutzigen Gläser abzuwaschen. Sie hatte von den Fremdarbeitern ein paar Brocken Italienisch gelernt. Sie gefielen ihr, die Südländer. „Das sind andere Mannsbilder als die knurrigen Bergler", schwärmte sie mit ihren Freundinnen, wenn sie sich über ihre italienischen Gäste unterhielten.

Luigi gefiel ihr besonders. Sie bediente ihn gerne und tauschte mit ihm ein paar Worte Italienisch aus. Die Zuneigung wuchs bis zum heimlichen Treffen. Die erste Begegnung war der Anfang einer verbotenen Liebe. Julia verdrängte Maria in Luigis Träumen vor dem Einschlafen. Senn, Mattli, Dubacher, Epp, Zgraggen, Furger, Walker, Gamma, Gehrig, Tresch, 1848, 1861, 1872 – Julia und Luigi trafen sich heimlich auf dem Friedhof bei der Kirche zwischen den Gräbern. Niemand vermutete in der Nacht Verliebte auf dem Friedhof. Im Schutz der Dunkelheit entflammte ihre Liebe auf dem Gottesacker. Heftige leidenschaftliche Küsse, gegenseitiges Streicheln ersetzten die fehlende Sprache. Luigis kräftige Hand suchte den Weg unter den leinenen Rock. Julia wehrte sich nicht und genoss das Zucken ihrer Oberschenkelmuskeln, die Reaktion auf Luigis Griff. Die Knospen ihrer Brüste unter der weissen Bluse verrieten ihre Lust. Luigis Hose schwoll an. Die Toten störten sie nicht, als sie sich auf der Bank an der Wand bei der Kirche im Schatten der Buche vereinigten. Sie musste vor dem Schliessen des Wirtshauses zurück sein. Julia liess Luigi im Friedhof zurück. Die Treffen in der Nacht mehrten sich.

Luigi machte sich um sechs Uhr früh auf den Weg zum Nordportal. Er genoss die Tagesschichten – sie verhiessen Gutes für die Nacht. Mit beschwingtem Schritt traf er schneller als gewohnt vor dem Tunnel ein. „Liebe verleiht Flügel." Der Schwarze Mann und ein anderer Kumpel verwehrten ihm den Zugang zum Tunnel. Es wurde gestreikt.

Luigi wusste vom Unmut seiner Kumpel. Seine Liebe hatte ihn dies aber ganz vergessen lassen. Lachend machte er kehrt. In der Unterkunft bereiteten sich alle zum Streiken vor. Denen wollten sie es zeigen. Jetzt war Schluss mit der Ausbeuterei. Alle zogen sie sich ihre schönsten Kleider an und brachen auf ins Dorf, zur Passstrasse, die sie besetzen wollten. Es rumorte in Göschenen.

Die Einwohner fürchteten sich, blieben in den Häusern. Nur ein paar kräftige einheimische Mannsbilder provozierten die Itaker. Die liessen sich nicht aus der Ruhe bringen und machten sich lustig über die Kuhschweizer. Luigi zog mit seinen Zimmergenossen hinunter zum Dorf. Alle trugen rote Staubtücher als Zeichen des Protests um ihren Hals. Einzelne Gruppen spielten Boccia. Kumpel mit Familien vergnügten sich mit den Kindern auf den Alpweiden.

Zwischen jungen wilden Mineuren gab es die eine oder andere Rauferei. Es herrschte eine ausgelassene, aber doch recht friedliche Stimmung. Der Göschener Ammann hatte in Altdorf Verstärkung für die Freiwilligenrotte der Göschener angefordert, die bis zum Eintreffen der Armee die Italiener von der Strasse vertreiben wollten. Die Rotte wurde trotz Gewehren und Drohungen von den Italienern ausgelacht. Die Einheimischen waren gereizt. Sie waren zu allem bereit. Auch zum Töten. Das beunruhigte die Ausländer nicht. Sie scherzten und provozierten weiter, machten sich lustig über die trotzigen Bergler.

Der Berghimmel verdunkelte sich. Als die Verstärkung aus Altdorf eintraf, wollten die Freiwilligen die „Tschinggen" von der Passstrasse vertreiben. Unter Anpöbelungen bahnten sie sich einen Weg aus der Dorfmitte Richtung Hügel, den die Itaker besetzt hielten. Die Mineure streckten die geballten Fäuste in den Himmel. Luigi zwängte sich an die Front direkt vor die Freiwilligenrotte mit den Gewehren. Er drehte sich mit dem Rücken gegen sie, öffnete den Gurt seiner Hose, liess sie herunter und zeigte ihnen seinen Allerwertesten. Das war zu viel. Kaum hatte er die Hose hochgezogen, um mit lachendem Gesicht die Truppe zu verhöhnen, fiel der erste Schuss. Luigi fasste sich ungläubig an die Brust. Seine Hände färbten sich rot.

„Luigi!" Stefano rannte auf ihn zu, fing ihn auf, bevor er kopfüber auf die Strasse fiel. Er zog ihn an den Wegrand, wo Luigi in seinen Armen starb. Die verstörten Menschen gaben voller Angst die Strasse frei. Die Rotte stürmte die Passstrasse, schoss in die Menge. Vier weitere Kumpel starben im Kugelhagel. Der Streik war gebrochen. Denen hätten sie es gezeigt, protzte Arnold, der Sohn des „Rössli"-Wirts am Stammtisch. Er habe diesem „Füdlizeiger" den

Marsch geblasen. Julia, die das Geschehen von Weitem beobachtet hatte, versteckte ihre Tränen hinter dem Tuch, mit dem sie die Gläser trocknete.

Melchior stand sichtlich stolz hinter seinem Sohn. Er wusste nicht, dass Arnold Julias heimliche Liebe zu Luigi beendet hatte. Nur der Pfarrer wusste, warum Julia jetzt noch häufiger auf dem Gottesacker war. Sie hatte ihm ihre Beziehung mit Luigi gebeichtet. Zgraggen, Gehrig, Navara Luigi 1848–1875: Vor dem grauen Grabstein auf dem Göschener Friedhof brannte oft eine kleine rote Kerze, lagen frisch geschnittene Blumen.

Nach den fünf Toten beim Streik am Gotthard ordnete der Bundesrat eine Untersuchung an. Er schickte einen Arzt und einen Ingenieur nach Göschenen. Die Zustände, die sie in den Baracken antrafen, schockierten sie. In ihren Berichten schrieben sie von Ställen, zogen Vergleiche mit Tieren, die es besser hätten als die Mineure. Sie bemängelten die sanitären Anlagen, die Unterkünfte, die Hygiene, das Essen. Sie sprachen von üblen Gerüchen, von Seuchengefahr. Sie dokumentierten die abweisende Haltung der Einheimischen gegenüber den Fremdarbeitern. An der desolaten Situation seien aber die Ausländer nicht unschuldig. Sie seien schludrig, würden sich nicht waschen, suchten die Gewalt und brächten die Kriminalität in das friedliche Bergdorf.

Bei den Verhören der Mineure erfuhren der Arzt und der Ingenieur nicht viel, denn sie beklagten sich nicht. Alle behaupteten, sie würden genug verdienen.

Sie hätten genug Platz in der Unterkunft und die Arbeitsbedingungen seien angemessen. Keiner wagte es zu protestieren. Den Schwarzen Mann sah man in Göschenen zum letzten Mal nach dem Verhör. Er wurde verhaftet und kam nach Altdorf ins neu erbaute Gefängnis, bevor er nach Italien ausgewiesen wurde. Hinter vorgehaltener Hand erzählten sich die Mineure, dass der Schwarze Mann die Richter beschimpft hatte. Er habe ihnen die Leviten gelesen. Er habe sie des Mordes bezichtigt. Niemand wagte, laut darüber zu sprechen. Am Stammtisch lästerte man weiter über die Wilden aus dem Süden.

Am Zustand auf der Baustelle in den Wohnbaracken änderte sich trotz des Berichts der Gesandten wenig. Tödliche Arbeitsunfälle, Staublungen, das Ausbeuten der Arbeitskräfte blieben an der Tagesordnung. Die Menschenopfer wurden beim Tunneldurchstich vergessen.

Alois Gehrig arbeitete als Stationsvorstand in Göschenen. Es war der 6. November 1942. Heute hatte er Nachtschicht. Die Gemeinde war verdunkelt. Auch auf dem Bahnhof brannte kein Licht. Nur der Kerzenschein seiner Laterne erleuchtete seine Umgebung. Zahlreiche Nachtzüge auf dem Weg nach Italien wurden erwartet. Kohlentransporte, Rohstoffe für die Waffenproduktion. Ein paarmal glaubte Alois auch Stimmen aus den Güterwagen wahrgenommen zu haben. Das Stampfen der Dampflokomotive kündete den ersten der heutigen deutschen Nachtzüge an.

Es schneite. Heftige Winde brachten Schneeverwehungen. Die Zufahrt zum Tunnel war unterbrochen. Gehrig stellte das Signal auf Rot. Die quietschenden Bremsen brachten den dampfenden Zug zum Stehen. Fluchende Stimmen in deutscher Sprache wurden laut. Gehrig machte sich auf den Weg zum Lokführer, um ihn über die Situation zu informieren. Das Fluchen kam nicht von der Lokführerkabine, stellte Alois erstaunt fest. Im dritten Wagen hinter der Lok hörte er Stimmengemurmel. Kaum war er auf der Höhe der versiegelten Waggontür des Güterwagens, wurde diese aufgerissen. Fünf deutsche Soldaten, angeführt von einem Gruppenleiter, sprangen auf den Bahnsteig. Sie rieben sich die kalten Hände und vertraten sich die steif gefrorenen Füsse. Im Dunkeln des Wagens entdeckte Alois angstvolle Gesichter italienischer Arbeiter, die zurück nach Italien deportiert wurden. In der Menge kam ihm ein junges, bleiches Gesicht bekannt vor. Es glich dem Bild eines Italieners, das seine Urgrossmutter Julia gezeichnet hatte und das sie bei ihren persönlichen Sachen in einem Holzkästchen aufbewahrt hatte. „Luigi" stand darauf. Ob er vielleicht der Urenkel des heimlichen Geliebten der Urgrossmutter war?, fragte sich Alois. Die Soldaten schlugen die Waggontür zu. Alois schlug sich den Gedanken aus dem Kopf. Er liebäugelte mit den Frontisten. Hoffte heimlich, dass die Deutschen siegten. Der Schnee war geräumt. Gehrig stellte das Signal auf grün, winkte die Nachtzüge durch. Und schwieg.

Es herrscht wenig Verkehr. Die Herbstferien sind vorbei. Robert kommt gut vorwärts.

Die Therapie war anstrengend. Am Schluss der Sitzungen war er immer ziemlich fertig.

Jetzt nur keinen Sekundenschlaf. Vielleicht muss er vor dem Queren des Tunnels noch einmal kurz anhalten. In Göschenen. Die Zufahrtsstrasse zum Gotthardtunnel steigt an. Die Limousine spielt mit den Muskeln und überwindet das Hindernis ohne Probleme, der Motor brummt zufrieden.

Er solle ihr mehr erzählen von seinen Beziehungen, von seinen Erfahrungen im Beruf. Schweigend lag er auf der Couch. Das Verweigern, Verdrängen war ein bekanntes Verhaltensmuster bei ihm. Es führte zu gestauter Wut. Niemand habe bis jetzt von seiner Frustration erfahren, ein paar hätten sie vermutet. Robert lag auf der schwarzen Couch und erzählte von seinem letzten Traum. Von Schwarz-Weiss-Bildern. Genau erinnerte er sich nicht. Einzelne Fragmente kamen ihm in den Sinn. Parallelen zur Geschichte von Sisyphos glaubte er in den Bildern entdeckt zu haben. Er versuchte, mit einer Karawane einen Berg zu überwinden, und fiel immer wieder zurück, bis er unten am Berg erwachte. Was er empfunden habe bei diesem Traum, wollte die Therapeutin wissen. Vielleicht sei es ein Bild seiner Lebenssituation. Ein Bild seines Scheiterns in der Ehe, im Beruf. Er wiederholte sich und erzählte von den unzähligen Projekten, bei denen er mit Sieber mitgearbeitet hatte. Davon, wie sie im Büro seine Ideen geklaut hatten; davon, wie er im Schatten der Protagonisten verblasste.

Es gibt ihn nicht. Die Einfahrt zum Tunnel nähert sich. Vergangenes und Gegenwärtiges lösen sich in einem immer schneller werdenden Rhythmus ab, überlagern sich im Hier und Jetzt.

Ein dunkler Plan

Robert will die Welt verändern. Veränderung braucht Opfer. Nine eleven – es sei das grösste Kunstwerk, hatte Karlheinz Stockhausen behauptet, auch wenn er die Opfer bedaure. Nine eleven – das ist Roberts Vorbild. Er wird vom Niemand zum Biedermann zum Brandstifter. Robert will es der Welt zeigen, den Schweizerinnen und Schweizern. Er will es ihr zeigen, Lara, seiner Ex-Frau. Er will es ihm zeigen, Sieber, seinem Geschäftspartner. Noch vierzehn Minuten zum Gotthard-Nordportal. Noch elf Minuten zum Kilometer sieben des Tunnels. Elf, zehn – der Countdown läuft. Die letzte Gotthard-Reise. Die Backflashs sind kurz, intensiv. So muss es mit den Erinnerungen beim Sterben sein, denkt er.

www.google.com Gotthardtunnel. Amt für Betrieb Nationalstrassen. Enter. www.gotthard-strassen-tunnel.ch schaltet sich das Internetportal auf. Es ist eine offizielle Seite der Schweizerischen Eidgenossenschaft. Hier findet er alle Grundlagen für die Vorbereitung seines Vorhabens. –

Niemand denkt daran, dass auf diesem Portal alle Informationen sind, um einen Anschlag auf den Tunnel zu planen. Das ist fahrlässig. All diese Informationen so einfach zugänglich zu machen, grenzt an Landesverrat. Ihm ist es recht. Google sei Dank. Er surft weiter, entdeckt die Navigationspunkte: Sicherheit, Anlage, Technik, Bauablauf. Zwei Webcams zeigen die aktuelle Situation vor dem Nord- und Südportal.

Er klickt auf den Link Sicherheit. „Sicher durch den Gotthard", empfängt ihn die Überschrift.

Er erfährt, was er schon weiss: Der Gotthardtunnel ist im Gegensatz zur Autobahn nur zweispurig und im Gegenverkehr befahrbar, die ideale Voraussetzung für seine Absicht. Verkehrstechnische Massnahmen sollen einen reibungslosen Verkehr gewährleisten. Reibungslos wie lustlos, die Reibung macht es aus, ob anal oder vaginal. Der Tunnel als Metapher für Lust und Sex, die Vereinigung von Berg und Verkehr, von Tunnel und Fahrzeugen. Zwei durchgehende Lichtbänder beleuchten die Fahrbahn.

Bei Stromausfall wird es nicht dunkel, erfährt er. Jede zehnte Leuchte ist an ein Notstromnetz angeschlossen. Das wird nicht viel helfen. Im Brandfall schaltet sich automatisch eine spezielle Brand-Notfallbeleuchtung ein. Alle vierzig Meter auf achtzig Zentimeter Höhe werden spezielle, dafür vorgesehene Leuchten aktiviert. Das nützt ihnen nichts. Alle anderthalb Kilometer Richtung Norden und alle siebenhundertfünfzig Meter Richtung Süden gibt es Ausstellnischen. Die dürfen im Notfall benützt werden.

Wer will schon im Tunnel bleiben, wenn es im Tunnel brennt. SOS-Stationen sind mit Handfeuerlöschern ausgerüstet. Nimmt sie jemand aus der Halterung, löst dies Alarm aus und Überwachungskameras werden eingeschaltet. So sind sie wenigstens direkt am Geschehen und haben gutes Bildmaterial, um die Öffentlichkeit und die Medien informieren zu können.

Authentische Bilder, besser als in jedem Holly-wood-Action-Streifen.

Verzweifelte Opfer nehmen mit der Kommando-zentrale Kontakt auf. Das rettet sie nicht. Wenigstens brauchen sie nicht aus dem dreissigsten Stock zu springen und auf ein Sprungtuch zu hoffen. Sie begegnen unausweichlich hilflos dem Tod. Die Rauch-entwicklung macht die Menschen im Tunnel orien-tierungslos, die Schutzräume werden kaum erreicht werden können, und wenn, sei es denen, die sie er-reichen, gegönnt.

Die Zahl der Opfer ist für ihn nicht relevant. Je weniger, desto humaner seine Tat, desto geringer das Strafmass vor dem Jüngsten Gericht.

Das Evakuieren geschieht über den Sicherheits-stollen, sobald sich die Situation im Strassenraum wieder normalisiert habe, steht im Massnahmenplan.

Die Röhre wird einstürzen. Die Hitze wird gross sein. Sie wird das Eisen im Beton schmelzen. Sicher-heit im Tunnel – welche Lüge.

Nur ohne den Risikofaktor Mensch. Der Mensch ist das Risiko. Dagegen ist kein Sicherheitssystem gewappnet. Nicht gegen den Wahnsinn. Was wol-len sie tun gegen den Wahnsinn, dagegen, dass ihn Menschen und das System unserer Gesellschaft zum Wahnsinn treiben, den Tunnel zu sprengen, um die Welt zu verändern? Die Ohnmacht des Kapitalismus, die Grenzen des Geldes zu erfahren?

Sie wünschen gute Fahrt, gute Fahrt in die Hölle. Die Hölle wird ihnen widerfahren, ob sie das Himmelreich schauen – die im Tunnel verglühen, ersticken. Denen, die alles beobachten, zu helfen versuchen, zusehen müssen, eingestehen müssen, wie hilflos sie sind, wird trotz aller Technik, trotz aller Sicherheitsdispositive ein Trauma widerfahren.

Der Teufel wartet bei Kilometer sieben auf die Rache, auf die Seelen, um die er beim Bau der Teufelsbrücke geprellt worden war. Er soll angemessen entschädigt werden.

Ihr Schmerz, der Schmerz der Verantwortlichen, der Hinterbliebenen soll ihn von seinem Schmerz befreien. Von all den kleinen, aber schmerzhaften Nadelstichen von Lara, von Sieber, von der Gesellschaft. Die geplante Tat versöhnt ihn.

„So verhalten Sie sich richtig. Bei der Einfahrt: Volltanken, Signale beachten, abblenden, Sonnenbrille ins Haar stecken, nicht zu nahe auffahren, Radio einschalten, nicht überholen, nicht wenden, nicht rückwärtsfahren. Bei Stau: Warnblinker einschalten, am rechten Rand des Tunnels anhalten, Abstand wahren auch bei Stillstand, Motor abstellen, im Auto bleiben, Radio hören, Anweisungen folgen. Bei Pannen: Warnblinkanlage einschalten, auf Haltenische ausweichen, Motor abschalten, Schlüssel stecken lassen, aussteigen, Alarm auslösen, warten. Bei Unfall: Warnblinken, Haltebucht aufsuchen oder rechtsseitig der Fahrbahn anhalten, Motor abschalten, Zündschlüssel stecken lassen, aus dem Fahrzeug steigen, wenn nötig erste Hilfe leisten, an der nächsten SOS-Säule Alarm auslösen."

Dafür wird es keine Zeit geben. Das Inferno breitet sich explosionsartig aus. Die Menschen im Tunnel sind überfordert.

„Bei Brand: Aus dem Tunnel hinausfahren, in sicherem Abstand anhalten, Warnblinker einschalten, Zündschlüssel stecken lassen, nächsten Schutzraum aufsuchen, Türen schliessen, auf Anweisungen warten, Lautsprecher-Ansagen befolgen, Hilfe leisten, wenn nötig."

Wie wäre es mit Beten? – Dieses Sicherheitsdispositiv hilft wenig gegen seinen Wahnsinn. Seine Tat triumphiert über die Biedermänner. Sie liefern ihm die Daten. Sie verantworten seine Tat, ohne ihre Hilfe würde er es nie schaffen.

Die kleinen hand- und fusslosen androgynen Strichmännchen auf grünem Grund, die auf die weisse Fläche zu rennen, werden im Rauch verschwinden. Das weisse Rechteck wird zur Himmelstür. Die Leute, die darauf zu stürmen, machen sich auf den Weg zu Himmel oder Hölle, der Tod ist ihnen gewiss, trotz des Sicherheitsdispositivs in fünf Akten.

Das gefällt ihm. Er trifft den Nerv der Gesellschaft. Die ideale Stelle für den Unfall liegt zwischen zwei Lüftungsschächten und bei genügendem Abstand zum Notstollen.

Er wählt ausgehend vom Nordportal den Kilometer sieben als Ort des Geschehens. Zwischen der Lüftungszentrale Hospental und Guspisbach, zwischen den Paragneis- und Granitschichten. Kurz vor dem Eintritt in die Tunnelröhre wird er sich die Beruhigungstablette einwerfen, die CD der Schweizer Rockband Gotthard in den Player legen, das Lied „Heaven" auswählen. „Show me the way to your heart ..." und wenige Meter vor Kilometer sieben wird er das Dynamit im Kofferraum zünden, das Steuerrad nach links reissen und direkt in das entgegenkommende Fahrzeug fahren. Es wird zur Frontalkollision kommen, zu einem Riesenknall. Die Flammen werden auf die Fahrzeuge übergreifen. Eine infernale Explosion wird folgen. Im Inferno wird eine unbeschreibliche Hitze entstehen. Die Tunnelröhre wird einbrechen. Die Menschenkatastrophe ist perfekt. –

Die Gesellschaft spricht von einem unglücklichen Zufall. Die Hitze vernichtet alle Spuren. Der Lenker muss eingeschlafen sein. Wird man vermuten. Bis man die Rückstände des Sprengstoffs entdeckt. Er wird zu der Sappeur-Kompanie führen, in der Robert als Korporal gedient hat. Er geht den ganzen Plan noch einmal sorgfältig durch.

Aus dem Lautsprecher des Autoradios ertönt die bekannte Stimme der Verkehrsnachrichtensprecherin. „Stau am Gotthard-Nordportal wegen eines Unfalls im Gotthard-Strassentunnel."

Ein Pannendreieck gewinnt Roberts Aufmerksamkeit. Er blinkt nach rechts und hält auf dem Pannenstreifen. Im Kleinwagen vor ihm auf dem Pannenstreifen sitzt Barbara, die junge Frau aus dem Autobahnrestaurant in Altdorf. Ihr Auto habe einen Motorschaden. Sie warte jetzt schon über eine Stunde, klagt sie ihm. Die Pannenhilfe werde den Fiat Panda abschleppen und in die nächste Garage bringen. Sie weint verzweifelt über ihr Pech. „Viele Wege führen nach Rom", versucht sie zu lächeln.

Robert tröstet sie. Schliesslich schlägt er ihr vor, seine Pläne zu ändern und sie nach Rom zu fahren. Sie klärt die Situation mit der Pannenhilfe, lädt ihr Habseligkeiten neben seine zwei Koffer im Kofferraum und setzt sich auf den Beifahrersitz. Er startet den Motor und verlässt die Autobahn. Bei der Auffahrt Göschenen ändert Robert seinen Plan und fährt über den Pass.

Die Stimme der Sprecherin des Autoradios verkündet, dass die Kolonnen vor den Gotthardtunnel-Portalen bereits auf mehrere Kilometer angewachsen sind. Er mag die besondere Abendstimmung. Barbara räkelt sich bequem auf dem Sitz neben ihm und geniesst das Kurven zum Hospiz hinauf. Das Heraufziehen der Abenddämmerung durch die Leventina in der Abendsonne gefällt den beiden. Schön, in die wachsende Dunkelheit der herannahenden Nacht einzutauchen. Die Klänge von Mozarts „Eine kleine Nachtmusik" aus den Lautsprechern des Autoradios begleiten sie. „Es ist schon fast kitschig." Sie lächelt. – Der Stau vor dem Nordportal habe sich aufgelöst, berichtet die Stimme im Autoradio.

Eine Gesprächspartnerin auf Augenhöhe, freut er sich und beginnt zu erzählen. Sein Lieblingsmaler sei ein Italiener. Robert versucht, das Gespräch auf die Kunstgeschichte zu lenken. Es sei auf der Boccia-

Bahn vor dem Bagno Adria in Rimini gewesen. Er sei ein leidenschaftlicher Spieler. Gewinnen habe er nicht können. Das Einzige, was ihm gelungen sei, seien Zufallstreffer gewesen. Er erinnere sich an das Spiel mit einem pensionierten italienischen Ehepaar. Smaltalk neben dem Spiel.

Warum er nach Italien in die Ferien komme, habe die Frau wissen wollen. Ihr Mann, ein Maurer im Ruhestand, habe die Stellung der Kugeln rund um den Pallino studiert. Sie hätten zu dritt gespielt, jeder für sich.

Er liebe die italienische Mentalität, die Sprache, das Essen, den Wein, habe er gesagt. Und zudem sei sein Lieblingsmaler ein Italiener, Giorgio Morandi, habe er erklärt.

„Giorgio Morandi", habe die Frau des Maurers den Namen leise wiederholt. Sie müsse ihm eine unglaubliche Geschichte erzählen, berichtet Roberto weiter von der Begegnung in Rimini. Barbara hört ihm neugierig zu.

Morandi sei nicht hipp gewesen, die wenigsten hätten ihn gekannt, berichtete die Frau. Ihr Onkel Sergio sei gestorben. Er habe keine Kinder gehabt. Sie habe mit ihren Geschwistern die Wohnung geräumt. Das Erbe angetreten. Eigentlich habe sie alles gehabt und nichts gebraucht, keine Möbel, kein Geschirr, nichts. Ihre ältere Schwester und ihr Bruder hätten zugegriffen. Ob sie nichts wolle, hätten sie gefragt. Nein, sie habe alles. Da sei ihr ein in Packpapier eingefasstes Objekt aufgefallen. Ein Bild, habe sie vermutet. Ob es recht sei, wenn sie das nehme. Aber selbstverständlich, hätten die Geschwister eingestimmt. Sie habe das Bild unter den Arm geklemmt und habe die Wohnung, die Möbel, das Geschirr und was sonst noch vorhanden war, den beiden überlassen und sei weggegangen.

Zu Hause habe sie das Packpapier entfernt. Vor ihr ein Stillleben. Ein Gemälde mit Gefässen in verhaltenen Farbklängen. Sie habe nicht sagen können, ob es ihr gefalle oder nicht. Es stand an der Wand auf dem Fussboden. Wartete auf einen Nagel. Sie habe es nicht eilig gehabt. Ihrem Ehegatten, dem Maurer, habe es nicht gefallen. Auch ihre beiden erwachsenen Kinder hätten nichts mit dem Gemälde anfangen können. Tage, Wochen, Monate verstrichen, niemand kümmerte sich um das Bild.

Als ihre Augen wieder einmal länger auf ihrer Erbschaft verweilt hätten, sei ihr die Unterschrift aufgefallen. Morandi. Der Name sei ihr bekannt vorgekommen. Natürlich, in Bologna gab es ein Museum mit dem gleichen Namen – vielleicht konnten ja die etwas mit dem Gemälde anfangen, habe sie gedacht.

Sie habe das Bild ins Packpapier eingepackt und sei in die Stadt gefahren. „Giorgio Morandi" stand auf der Fassade eines unauffälligen Gebäudes. Sie sei eingetreten. An der Rezeption habe sie den Direktor verlangt. Nach einigem Hin und Her sei er schliesslich erschienen, ein untersetzter Mann mit grauem Anzug. Was sie wünsche. Sie habe ihm von ihrem Erbe erzählt und ihm das Bild gezeigt. Seine Augen hätten geglänzt. Er habe sie gefragt, ob er das Gemälde in seinem Büro kurz näher betrachten dürfe. Sie habe bejaht. Er sei verschwunden.

Nach einer Viertelstunde sei er zurückgekommen. Er sei echt. Was sie vorhabe mit diesem Bild, wollte er von ihr, der Frau des Maurers, wissen. Ob sie es verkaufe. Das sei eine Frage des Preises, habe sie geantwortet. Ob sie mit einer Million Euro einverstanden sei, fragte der Schmächtige im grauen Anzug. –

Sie habe geschwiegen. Er sei verunsichert gewesen, wahrscheinlich wolle sie mehr, habe er wohl gedacht. Er habe sie aufgeklärt, dass dieses Gemälde ausgezeichnet in die Sammlung des Museums passe. Mehr als eine Million könne er ihr aber nicht bieten. Eine Million, habe sie wiederholt. Sie habe schliesslich zugestimmt. Ihre Kinder hätten nicht schlecht gestaunt, als sie ihnen je fünfhunderttausend Euro vom Erbe des Onkels überlassen habe, beendete sie ihre Anekdote und platzierte ihre Kugel präzis neben den Pallino.

„Si non è vero, è ben trovato!", quittiert Barbara seine Erzählung. Roberto überhört die ironische Bemerkung und spricht über sein Verhältnis zu Morandi.

Er erinnert sich an seinen Besuch im Morandi-Museum in Bologna. Er könne es nicht erklären, aber er sei von den schlichten kleinformatigen Stillleben auf den ersten Blick fasziniert gewesen. Damals habe er in der Ausstellung einen Katalog erstehen können, der Einblick in die Überlegungen zu den Kompositionen der Gefässe gebe.

Robert ärgert sich, dass seine Ex ihm vom Kauf des Katalogs abgeraten hatte. Heute ist er vergriffen. In einem Antiquariat könnte man ihn vielleicht noch finden. Auch den Kauf einer originalen Ankerzeichnung, ein Schnäppchen, habe sie zu verhindern gewusst.

Bellinzona. Barbara hört ihm aufmerksam zu. Vielleicht ist die Anekdote wahr. Offenbar weiss Robert über Morandi Bescheid. Sie habe ihn nicht verletzen wollen, unterbricht sie seine Ausführungen. Robert geht nicht darauf ein und redet weiter.

Er habe über längere Zeit alle Morandi-Ausstellungen in Europa besucht. In Mailand, in Paris, im Kunstmuseum Winterthur. Er kann aus dem Vollen schöpfen. Er kennt viele Hintergründe.

Ob er sie langweile, will er wissen. Nein, nein, sie sei Kunsthistorikerin. Sie habe von Morandi gehört. Viel von ihm wisse sie aber nicht. Robert versteht es als Herausforderung und fährt mit seinen Ausführungen fort.

Ein richtiger Maler wolle nicht malen, der müsse malen. Das sei bei Morandi so gewesen. Kunst sei für ihn Berufung gewesen. Gegenständliche Werke in verschiedenen Techniken, Zeichnungen, Druckgrafiken und Malereien waren der Anfang. Auf der Suche nach zeitgenössischen Ausdrucksweisen sei er auf den Zug der „Pittura metafisica" aufgesprungen. De Chirico. Eine Sackgasse, ein Irrweg, wie es sich später für Morandi herausgestellt habe.

Er habe zurückgezogen gelebt. In einem Handwerkerviertel in Bologna habe er sein Atelier gehabt. Auf der Suche nach seinem Weg habe er immer wieder seine Nachbarn unter den Arkaden in ihren Ateliers besucht. Ihm seien die leeren Gefässe, Flaschen, Blechdosen, Büchsen aufgefallen. Er habe sie erstanden und in sein Atelier getragen.

Dort habe er sie aufgereiht am Boden, in Gestellen, auf einem Tisch. Tagelang habe er sie hin und her geschoben, neu arrangiert. Sie mit blassen Farben bemalt. Er hatte sein Motiv gefunden. Einzelne Landschaften seien dazwischen entstanden, wenn er das Haus der Familie auf dem Land besucht habe. Gereist sei er kaum.

Morandi ist eine Herzensangelegenheit, denkt Barbara und geniesst es, mehr über diesen Maler zu erfahren. „Mehr", sagt sie, als Robert seine Ausführungen unterbricht. „Es langweilt dich nicht. Wirklich nicht?" Lara mochte seine Vorträge nicht. Er sei belehrend, erinnert er sich.

Morandi habe mit seiner Schwester gelebt, fährt er fort. Schwarz-Weiss-Aufnahmen hätten in einer Ausstellung den Künstler gezeigt, wie er vor einer Gruppe von Gefässen gesessen sei und sie mit hochgezogenen Augenbrauen und der Brille auf dem Kopf betrachtet habe, als habe er einen stummen Dialog mit Licht, Schatten, Raum und Körper – so sei es ihm zumindest vorgekommen.

Das Leergut der Handwerker hatte eine neue Funktion. Es war Morandis Modell. Es fand in Morandis

Kompositionen seinen Platz. Einmal standen Gebinde direkt an einer buntgrauen Wand auf einer Linie aufgereiht. Erdfarbene Vordergründe hätten mit komplementären Hintergründen den Rahmen für die Gefässkomposition gebildet. Die Gefässe hätten zum Teil die Farbe der Umgebung aufgenommen und in einem subtilen Umgang mit Schatten ihre Körperlichkeit erhalten. Sie würden in sich ruhen und hätten eine unbeschreibliche Ausstrahlung, trotz ihrer bescheidenen Erscheinung. Robert spricht sogar von der Aura des Leerguts. Tassen, Flaschen, Dosen werden zu Wesen der Kunst.

Das ist nicht erlesenes Wissen, denkt Barbara und ist von Roberts Ausführungen beeindruckt.

Robert erinnert sich an die documenta (13) in Kassel. Es war 1997. Statt eines Ausstellungkonzepts habe die damalige Kuratorin Carolyn Christov-Bakargiev einen Raum installiert mit für sie Kunst definierenden, erklärenden Exponentinnen, Leitkunstwerken.

Von Morandi waren Stillleben dabei. Leitkultur birgt Gefahren. Die schönste Ausstellung von Morandi habe er allerdings im Kunstmuseum Winterthur im neu renovierten Saal des Grafischen Kabinetts im ersten Stock gemeinsam mit Skulpturen von Alberto Giacometti gesehen. Ein unvergesslicher Eindruck eines fantastischen Dialogs zwischen absoluten Kunstwerken.

„Was verstehst du unter einem absoluten Kunstwerk?", fragt Barbara neugierig. „Absolut eben, ein

Kunstwerk ohne Wenn und Aber. Ein Kunstwerk durch und durch." Robert schweigt. Er ist in Winterthur, denkt sie. Tatsächlich hängt Robert seinen Eindrücken von Winterthur nach.

Sein Gesichtsausdruck verrät seine Gefühle, die tiefen Eindrücke der Erfahrungen mit den Kunstwerken der beiden Meister. Das Schweigen unterstreicht seine Betroffenheit. Barbara nimmt die Stille auf, bricht sie.

Winterthur sei ein ausserordentliches Museum, es besteche auch durch seinen Annexbau, ein dauerndes Provisorium der Architekten Gigon Guyer. Sie habe sich in ihrem Studium der Kunstgeschichte auf Architekturgeschichte und Denkmalpflege konzentriert, lacht sie.

Hier haben sich zwei Seelen getroffen. Das Zürcher Architektenpaar zähle zu den Weltbesten, sagt sie. Zwar sei das nicht der bekannteste Name. Natürlich kämen immer Herzog & de Meuron und Zumthor als Erstgenannte, wenn man von der Schweizer Architektur spreche. Sie interessiere sich aber eher für Bauten, die zu entdecken seien.

Da sei zum Beispiel Otto Rudolf Salvisberg, der unter anderem den Masterplan und das Direktionsgebäude der Roche in Basel und das Suva-Gebäude in Bern entworfen habe.

Gerne hätte sie auch Architektur studiert, aber Mathematik sei nicht ihre Stärke, deshalb habe sie sich für Kunstgeschichte entschieden. Während des Studiengangs hätten historische Gebäude im Zentrum gestanden. Ihre Schlussarbeit habe sie allerdings über die klassische Moderne und deren Vertreter in der Schweiz verfasst.

„Da bin ich auf ganz interessante Objekte gestossen. Auf ein Kinderheim in Mümliswil von Hannes Meyer zum Beispiel. Einer der Schweizer, der das Bauhaus mitgeprägt hat."

Robert ist verzaubert. Solche Gespräche hat er sich immer gewünscht.

„Deshalb freue ich mich auch sehr auf Rom – auf eine Stadt, in der es auf engstem Raum fantastische Beispiele verschiedener Architekturepochen zu entdecken gibt. Und weisst du, nicht die klassischen historischen Schätze interessieren mich, nein, die Spuren der klassischen Moderne Italiens in der Hauptstadt sind mein Ziel."

Robert unterbricht sie. Er hat ihr genau zugehört, dabei ist ihm ein Name nicht entgangen. „Woher kennst du Hannes Meyer?", fragt er sie.

„Das ist eine lange Geschichte. Mein Vater ist als Waise aufgewachsen. Er ist einer dieser Verdingkinder, über die man in der Öffentlichkeit gesprochen hat. Seine Kindheit verbrachte er unter anderem im Kinderheim in Mümliswil. Dieses Gebäude hat Lukas Meyer entworfen." Von den Erzählungen ihres Vaters kenne sie das Gebäude. „Wir haben es auch wiederholt besucht."

Robert ist berührt, es sind die Anekdoten, die die Dinge unvergesslich machen, Menschen, Namen, Jahrzahlen, Nebensächliches, Hauptsächliches.

„Ich brauche dir Hannes Meyer sicher nicht vorzustellen", fährt Barbara fort und rückt sich im Sitz zurecht. Sie will nicht zu viel über die Familie erzählen und lenkt das Gespräch auf ihre Pläne in Rom.

„Eines vorweg: Ich lehne den Faschismus ab. Auch den italienischen. Aber ..."

Robert horcht auf. Was kommt jetzt, was soll dieses Aber?

„Der italienische Faschismus hat allerdings in Sachen Architektur wunderbare Blüten getrieben. Du weisst bestimmt, dass die Casa del Fascio in Como vom italienischen Architekten der Moderne, Giuseppe Terragni, im Auftrag von Mussolini gebaut wurde. Dieses Gebäude steht in seiner Qualität und Ausprägung den Ikonen der klassischen Moderne in der Schweiz, in Deutschland und Frankreich in keiner Art und Weise in etwas nach. Ein wesentlicher Unterschied ist jedoch die Haltung der Autoren, der Architekten, der Architektin Eileen Gray: Sie sind alle Anhänger des Kommunismus gewesen. Auch die Ideen des Bauhauses haben in weiten Teilen der kommunistischen Philosophie entsprochen.

Hannes Meyer war auch ein Kommunist. Zu links für das Bauhaus.

In Italien sind zwar die Kriterien der Architektur der klassischen Moderne – Licht, Transparenz – auf offene Ohren gestossen, die damit verbundene politische Haltung hingegen stand bei den italienischen Vertretern der klassischen Moderne nicht im Vordergrund."

Robert erinnert sich nicht, in einer seinen Vorlesungen etwas darüber erfahren zu haben.

Barbara spürt seine Neugierde. Es gefällt ihr, ihn mit ihren Kenntnissen zu beeindrucken.

Roberts vorgefasstes Bild einer Kunsthistorikerin ist im Begriff, sich zu verändern. Sein ursprüngliches Bild der Kunstgeschichte, ein Studium für gut betuchte Töchter, die nicht wissen, was sie studieren wollen, weicht seiner Bewunderung für Barbara.

„Immer vor dem Hintergrund, dass Mussolini und der Faschismus niemals goutiert werden können, ist ganz eindrücklich, was in Italien in dieser Zeit an innovativer Baukunst realisiert worden ist. Auch in Rom."

Robert hofft, dass sie ihre Erzählung nicht unterbricht. „Können wir bei der nächsten Raststätte kurz anhalten?" „Das trifft sich gut, dann kann ich noch tanken, bevor wir die Grenze passieren. Fahren wir die Nacht durch?" „Ich kann dich zwischendurch beim Lenken ablösen." Noch zehn Kilometer bis Chiasso Coldrerio. Sie tanken, verpflegen sich. Robert fährt weiter. Sie passieren die Grenze.

Barbara erzählt davon, dass der Architekt der Casa del Fascio in Como an den Folgen einer Verletzung bei einem Fronteinsatz in Russland in Cesenatico in einem Hospital an der italienischen Adria verstarb.

Barbara verbringt jedes Jahr Ferien in Cesenatico im Bagno Internazionale unweit von den Kolonien. Die Werke sind geblieben, die Kolonien an der Adria, die Autobahnen quer durch Italien.

„Und wie verhält es sich in Rom?" Roberts Interesse ist ungebrochen. Offenbar ist da etwas an ihm vorbeigegangen – er hat keine Ahnung von den Zusammenhängen des italienischen Faschismus und der Architektur der klassischen Moderne in Italien. Auch seine Kollegen haben nie darüber gesprochen. Es ist ein schwarzer Fleck auf der italienischen Landkarte.

Rom sei gesäubert worden, fährt Barbara fort. Entlang der Hauptachsen der repräsentativen historischen Gebäude habe man alle nicht relevanten Gebäude niedergerissen, Mieter aus dem Stadtzentrum an die Peripherie vertrieben. „Rom war das Zentrum für die Kultur Italiens während der faschistischen Zeit."

Barbaras Leidenschaft für die Thematik ist in ihrer Stimme spürbar.

Bereits in den Zwischenkriegsjahren habe Mussolini verkündet, Rom müsse für alle Menschen der Welt wundervoll dastehen. Weiträumig. Geordnet. Machtvoll. Wie zur Zeit des ersten Imperiums von Augustus. Man solle die Stadt befreien von allem, was ihre Pracht belaste. Alles, was über die Jahre der Dekadenz entstanden sei, müsse verschwinden. Von der Piazza Colonna müsse über eine offene Achse die Wucht des Pantheons sichtbar sein.

Die Oleander zwischen den Fahrbahnen wiegen sich im Fahrtwind. Die Grenze haben sie dank Schengen problemlos hinter sich gelassen. Es herrscht der übliche Betrieb auf den italienischen Autobahnen. Halt Stazione. Sie lösen das Ticket, das ihnen die freie Fahrt in den Süden beschert. Barbara nippt an der Coca-Cola, bevor sie weiterfährt. Die Atmosphäre im Auto erinnert Robert an die Stimmung in einer Vorlesung. Barbara ist die Dozentin, er ihr einziger Student.

„Zwei Ergebnisse einer architektonischen Debatte charakterisieren die städtebauliche Situation: die Verklärung der Vergangenheit auf der einen Seite und das moderne, rationale Leben auf der anderen Seite. Unter der Schirmherrschaft der nationalen faschistischen Architekten-Gewerkschaft eröffnet ihr Vorsitzender Alberto Calza Bini die erste italienische Ausstellung der rationalen Architektur."

Woher dieses Wissen? Roberts Bewunderung für Barbara wächst in den Himmel wie die Geschosse der ersten Wolkenkratzer in Chicago. Sie hat ihre Masterarbeit über die Architektur der Moderne verfasst.

„Verschiedene Architektengruppen aus ganz Italien hatten an der Ausstellung teilgenommen. Die bedeutendste war die Gruppe 7 aus Mailand, eine Gruppe sehr junger Architekten. Rava, Larco, Frette, Figini, Pollini, Terragni und Libera, sie sind die Vertreter des neuen Zeitgeists, sich auf Le Corbusier berufend.

Sie warfen die Frage nach einer neuen Rationalität in Architektur und Städtebau auf. Entgegen der europäischen Bewegung, die sich eher der kommunistischen Ideologie verpflichtete, fehlten dem italienischen Rationalismus die romantischen und technologischen Utopien der Nachkriegsjahre des Ersten Weltkriegs."

„Wow." Barbaras Ausführungen hören sich wie eine Vorlesung an. Mit dem Unterschied, dass Robert Barbaras Geruch auffällt, ihre samtene, fast etwas rauchige Stimme, ihre spürbare Nähe. Nach vorne schauen – das Überlebensprinzip auf den italienischen Autobahnen. Robert ist entspannt und geniesst die Anwesenheit des unverhofften Fahrgasts, der seine ursprünglichen Pläne vereitelt hat.

„Magst du noch zuhören?" Sie wartet seine Antwort gar nicht erst ab.

„Ein ganz besonderes Augenmerk in der Ausstellung galt der Fiat-Fabrik Lingotto, einem Bau des Turiner Ingenieurs Mattè-Trucco. Dieser Bau spornte die jungen Rationalisten an. Innovativ, funktional repräsentiert er die Substanz der Ideen der jungen Architekten. Die Teststrecke auf dem Dach hatte auch Le Corbusiers Anerkennung gewonnen.

Die Ausstellung offenbarte die Entwurfsthemen der Zeit: Technik, Industrieanlagen, Bahnhöfe, Garagen, Sozialeinrichtungen der faschistischen Verwaltung, Freizeiträume für die Arbeiter, den Sitz der faschistischen Jugendorganisation, Schulgebäude, Hotels für Massentourismus. Der vierundzwanzigjährige Giuseppe Terragni stellte ein Projekt für ein Gaswerk aus. Angelo Mazzoni präsentierte ein Heizwerk, das seine Affinität für den sowjetischen Konstruktivismus verriet. Luigi Figini und Gino Pollini übertrugen die Forschungsarbeit von Walter Gropius für das Bauhaus auf die Gebäude Dopolavoro. Der Faschismus hatte kein Interesse am Wohnungsbau.

Er interessierte sich für Eingriffe in den Stadtzentren mit der Absicht, über die Gesundheits-, Erziehungs- und kulturellen Einrichtungen in der italienischen Gesellschaft einen faschistischen Konsens zu erreichen. Zu dieser Zeit gab es in Italien fast zwanzigtausend Case di Dopolavoro für Berufsvereine, Gewerkschaften, weibliche Faschistengruppen, die Giovane Italiane bis hin zu den Wolfssöhnen, die Kleinsten der neuen Italiener."

Robert schweigt. Das neue Bild erweitert seinen italienischen Horizont, der sich bisher auf Vino, Dolce Vita, Pasta beschränkte: Die Geschichte: Rinascimento, il Partito Comunista, le Feste del'Unità, una matina ... die Partisanen. Auf die Architektur: Aldo Rossi, Renzo Piano, Ettore Sottsass. Die Cantautori: Zucchero, Vasco Rossi, Venditti, Gregori, Dalla, Fabrizio De Andre. Die Regisseure, auf Fellini, Luchino Visconti, Pier Paolo Pasolini. Auf die Schriftsteller: Umberto Eco, Leonardo Saccia. Auf die Oper: Verdi, Puccini, Rossini. Den Faschismus hatte er auf den Namen Mussolini reduziert, basta. Dass die Faschisten Schwarz trugen, ärgerte ihn.

„Die Moderne in Italien gehört den Faschisten!", unterbricht Barbara seine Gedanken. „Die Cinecittà in Rom wurde von Mussolini eröffnet. Bei den italienischen Autorenfilmen der Sechzigerjahre neigt man, diese Tatsache zu vergessen."

Barbara lehnt sich zurück, nestelt an ihrem Gurt, öffnet den obersten Knopf ihrer Jeans und beobachtet Robertos Gesichtszüge von der Seite.

Sie glaubt eine gewisse Nachdenklichkeit auszumachen.

„Die Architektur war ein wichtiges Werkzeug der faschistischen Propaganda. Die faschistische Architektur ist moderne Architektur. Die moderne Architektur ist in Italien faschistische Architektur. Sie wurde gezwungen, deutliche Botschaften zu artikulieren. Der italienische Pavillon der Weltausstellung 1935 in Brüssel, der von Libera und De Renzi entworfen worden war, illustrierte diese Absicht. Es ist die Montage widersprüchlicher Elemente, eine überdimensionierte Treppe für grosse Menschenmassen, dicht aneinander liegende Öffnungen, die Einfachheit der Formen, Glasbausteine, moderne Materialien, eine Triumphkolonnade für den Faschismus darstellend. Mussolini hatte gesagt, ein Haus aus Stahl und Glas steht für die Transparenz der faschistischen Idee. Diese Idee wurde auch in der Casa del Fascio von Terragni in Como manifest. Es ist eines der berühmtesten Architekturwerke in den Dreissigerjahren Italiens."

Die Limousine frisst Kilometer um Kilometer durch die Abenddämmerung, die Nacht. Gelborange Lichtstreifen künden eine Raststätte an. Roberto fragt nicht. Er blinkt, biegt ein. Hält vor dem Ristorante. „Ich habe Hunger, muss die Beine ein wenig vertreten." „Ein gute Idee, ich werde nachher fahren."

Sie machen sich auf zum Restaurant. Ein Zweiertisch am Fenster erwartet sie. „Pasta?", fragt Barbara und macht sich auf zur Theke. Sie bringt zwei Teller Spaghetti, eine Schüssel Salat. Mineral.

Sie beantwortet Roberts fragenden Blick: „Wir wollen ja noch weiterfahren. Und dass du neben mir schläfst, geht gar nicht." Das ist Roberts Italien. Egal wo, die Pasta schmeckt meistens come fatto alla mamma.

„Ein wichtiges Manifest faschistischer Staatsarchitektur sind die pontinischen Städte im Sumpfgebiet Agro Pontino, das unter Mussolini urbar gemacht wurde. Da sind die fünf Städte Littoria, Sabaudia, Pontinia, Aprilia und Pomezia entstanden. Sie wurden als landwirtschaftliche Zentren bezeichnet, die drei widersprüchlichen Schlagworten zu genügen hatten: ruralità, modernità, italianità. Beim Besuch des l'Agro Pontino würdigte Le Corbusier den Entwurf für Sabaudia mit den bewegten Worten: ‚Hier ist ein süsses Poem auferstanden, ein sicheres Zeichen von Liebe.'"

Robert schaut auf. Mustert Barbaras Augen. Sie erwidert seinen Blick.

„Es entstehen in dieser Zeit aber auch die ersten Brüche zwischen Architektur und Politik. Vor allem das italienische Parlament zweifelte an der Jungen Architektur. Sie sei bolschewistisch, teutonisch. Ein fantastischer Entwurf einer Gruppe rund um Terragni des Palazzo Littero anstelle des Forums Romanum in Rom gedacht, fand schliesslich keine Zustimmung im Parlament. Es war ein Dialog mit Ruinenlandschaften, wenigen sicheren Zeichen einer Architektur, die mit Lauten und Konsonanten einen Austausch führten. Wie in Gemälden von Giorgio de

Chirico, in denen unbewegliche, stille, unbewohnte, unbenutzbare Häuser mit Ruinen die Gesetze ihres harmonischen Zusammenspiels gefunden hätten. Die Akademiker waren überzeugt. Die Politik wusste das Projekt zu verhindern."

Sie stellen ihre leeren Teller und Gläser aufs Tablett und schieben es in das dafür vorgesehene Gestell beim Ausgang. Robert legt seinen rechten Arm über Barbaras Schultern. Es fühlt sich selbstverständlich an. Sie schlendern zum Auto zurück. Robert wirft Barbara den Schlüssel zu und setzt sich auf den Beifahrersitz. Sie setzt sich hinters Steuer, öffnet Gurt und Knopf der Hose und macht es sich so bequem wie möglich. Mit einem sicheren Griff stellt sie die Distanz zwischen Sitz und Gas-, Brems- und Kupplungspedalen ein. Sie dreht den Zündschlüssel. Der Motor heult auf. Sie legt den Rückwärtsgang ein, fährt aus dem Parkfeld und nimmt Kurs auf die Autobahn. Sie sind zurück im Verkehrsfluss Richtung Süden. Im Hintergrund vom Autoradio die Stimme von Vasco Rossi. Ob er ihr noch mehr über Morandi erzählen könne.

„Du sagst mir, wenn ich mich wiederhole!" Er überlegt sich, was er ihr bereits alles über Morandi verraten hatte. Die Anekdote der Italienerin, die Museumsbesuche, seine Eindrücke der Ausstellung in Winterthur. Wie soll er weiterfahren? Was kann man erzählen über einen, der einfach nur Gefässe gemalt hat? Immer und immer wieder. Farbe, Licht, Form und Raum.

Er habe sich vertieft mit Morandi beschäftigt. Über die Ausstellungsbesuche hinaus habe er verschiedene Texte über ihn gelesen.

„Leg los, was stand geschrieben?"

„Mit der Moderne hat in Italien die postfaschistische Bewegung angefangen. Das passt irgendwie als Fortsetzung zu deiner Geschichte über die faschistische Architektur. Giorgio Morandi repräsentiert in dieser Zeit einen ganz eigenen italienischen Weg. Er verfolgt trotz oder gerade wegen einer sehr persönlichen Bildsprache ein künstlerisches Konzept, das viele italienische und europäische Positionen verbindet. Zu den Eigenheiten seiner Bilder gehören die Auseinandersetzung mit der Tradition, indem er sich auf die traditionellen Gattungen des Stilllebens bezieht und sich auf klassische Vorbilder beruft. Die klassische Ikonografie und die ausgeprägte malerische Qualität verbinden sich in seinen Werken mit der Frage nach einem veränderten Bezug zur Wahrnehmung des Realen. Die Bilder Morandis bestechen in der Entwicklung ihrer malerischen Strategien, Ideen und Konzepte, einer faszinierenden Kontinuität. Die Analyse seiner Werke offenbart das Spannungsfeld zwischen dem Realen und seiner Darstellbarkeit."

„Ich erinnere mich, in einer Vorlesung war von der Krise der Repräsentation die Rede."

Robert geht nicht auf Barbara ein und doziert weiter: „Morandi kultiviert eine Bildsprache, die sich der konventionellen Betrachtung verweigert, was ihn aber nicht daran hindert, seine Kunst auf spezifische Weise mit Traditionen, Konventionen, Symbolen und Gegenständlichkeit zu verknüpfen."

„Eigentlich ist er schon einer der ganz Grossen. Mit seinem Werk ist er für die zeitgenössische Kunst äusserst relevant. Er ist einer, der sich nachhaltig mit der Welt als Schein, der Vorstellung der Welt, befasst."

Barbara will ihm das Feld nicht überlassen und bringt sich immer wieder ein.

Robert nimmt den Einwurf auf. „Ja, seine Aufmerksamkeit richtet sich auf die Erscheinung der Dinge. Es gibt keine höhere Wahrheit, keine Transzendenz oder höheren Werte. Morandi offenbart die Welt als ein sinnloses Spiel und staunt. Dabei entdeckt er die Relativität der Sinne und Zeichen und mit ihnen einen neuen Stellenwert von Körperlichkeit, sinnlicher Wahrnehmung und Fantasie und die ausserordentliche Bedeutung der Kunst."

Unterwegs im Tunnel der Nacht, eingereiht in die Perlenkette der Schweinwerfer, unterhalten sie sich bei 120 km/h weiter über Roberts Lieblingsmaler. Barbara ist begeistert. Selten wurde sie von kunsthistorischen Dialogen so gefesselt. Sie legt nach.

„In dieser Zeit ist das Ding Quelle der Argumentation, Ort der Erfahrung, Verschränkung von Objekt und Subjekt. Der Haltung der damaligen Künstler liegt die Rezeption der philosophischen Grundsätze Nietzsches, Schopenhauers beziehungsweise des italienischen Schriftstellers und Philosophen Leopardis in Bezug auf die Wahrnehmung zugrunde."

Robert nimmt den Ball auf. „Morandi ist ein begeisterter Anhänger von Leopardis Werk. Er scheint in seinen Bildern mit der formalen Reduzierung der Bildsprache, der sorgfältigen Genauigkeit der Komposition, welche die Unbestimmtheit der sogenannten Realität bewahrt, das System Leopardi zu adaptieren. Mit seiner Aussage ‚die Materie existiert natürlich, besitzt aber nicht den besonderen Sinn, den wir mit ihr verbinden' fasst er einen wichtigen Grundgedanken Leopardis zusammen. Vorstellungen, in denen der Gegenstand sich von der Leere konturiert, und die Leere sich im Verhältnis zum Gegenstand gleichgewichtig zeigt, faszinieren durch ihre Ästhetik. Man kann demnach nichts wirklich kennen und nichts ist definiert. Mit den Begriffen von Vagem und Unbestimmtem verbindet Leopardi das Konzept der Schönheit und die Qualität der Poesie, der Kunst."

„Was zu bestimmt, zu genau und zu sehr beschrieben ist, verliert alle Poesie. Das Gefühl des Unbestimmten evoziert unter anderem das Prinzip der Gegensätzlichkeit. Zwischen dem Denken von Aufklärung, Romantik und Moderne besteht die Gefahr des totalen Verlusts dieser Qualität", weiss Barbara.

„Fokussiert sich der Mensch aufs Denken, weiss er sich nicht in einer höheren Vernunft aufgehoben. So sieht er sich in der Moderne eines doppelten Verlusts ausgesetzt. Von Gott und der Natur verlassen, ohne Dach über dem Kopf und ohne Boden unter den Füssen. Was ihm bleibt, ist eine Existenz zwischen zwei Abgründen." Das ist Robert in letzter Zeit widerfahren.

„Ja, Nichts ist mehr repräsentativ. Nichts steht mehr im Zusammenhang von Bild beziehungsweise Wort und Sache. Der einzige Ausweg kann die Kunst sein. Aber wie soll diese Kunst sein, wenn sie sich in einem Paradox befindet: Sie soll eine Welt nachahmen, die nicht mehr nachahmenswert ist?" Auf Barbaras Frage findet Robert am Beispiel Morandis die Antwort.

„Für Morandi hat dieser geistige Hintergrund dennoch wenig Bedeutung. Sein Œuvre lebt vom Mythos des Einzelgängers, des Eremiten. Bei der Betrachtung seines Werks ergibt es auf den ersten Blick nicht viel Sinn, die philosophischen Hintergründe und deren Einfluss auf das Werk zu prüfen. Viel wichtiger ist es, darauf zu achten, was seine Bilder bieten hinsichtlich der Analyse ihres Verhältnisses zur Wirklichkeit. Die Verbindung zur Philosophie ist durch Morandis Affinität für das Werk von Leopardi gegeben. Seine Anknüpfung an die malerische Tradition ist auf eine ganz grundsätzliche Art modern. Das zeigt sich in seiner Interpretation des Realen; seine Gegenständlichkeit entsteht nicht aus der Norm der Abbildungstreue. Er sucht aber nicht nach einer kubistischen Polyperspektivität oder einer futuristischen Bildform, die für eine gemässe Darstellung von Geschwindigkeit, Simultanität und Kraft steht."

Barbara sitzt entspannt hinter dem Lenkrad. Sie geniesst Roberts Anwesenheit, die Vertrautheit, seine

Ausführungen. Roberts Blick folgt den Strassenschildern. Sie passieren die Ausfahrt Bologna Nord. Einen Augenblick überlegt er, ob er eine Übernachtung in Bologna vorschlagen sollte. Zu spät. Die Ausfahrt Süd ist vorbei. Barbaras Blick ist nach vorn gerichtet. Sie hat die Ausfahrten übersehen. Ein dunstiger Lichtteppich lässt die Agglomeration von Bologna erahnen.

„Im Verhältnis zum Realen zur Wahrnehmung zeigen seine Arbeiten die Paradoxie des Bildes zwischen Reproduktion und Eigenständigkeit, zwischen Sichtbarem und Unsichtbarem. Morandi gelingt es, die Auflösung von Raum und Zeit an Dingen und mithilfe konventioneller Stilmittel zur Geltung bringen."

Barbara bringt sich wieder ein. „Ein Bruch mit der Tradition als explizite Ablehnung ist für Morandi nicht nötig, denn gerade die Auseinandersetzung mit dem Bekannten kann das Paradox des Realen aufzeigen. Im Kontext von Sehen, Wahrnehmung und Darstellung von Realität, die nicht mehr als statischer Wert existiert, ist es möglich, sein Werk geschichtlich und kulturell in neue Zusammenhänge zu stellen."

Das sitzt. Robert ist von Barbaras Einwürfen wiederholt tief beeindruckt. Die Bewunderung ist gegenseitig.

„Morandis Moderne bedeutet moderne Gegenständlichkeit, die Bedingungen der Malerei, der Repräsentation verändert. Seine Werke setzen die Kontroverse zwischen Sichtbarem und Unsichtbarem unter ganz neue Bedingungen. Er zieht mit seinen Bildern aus dieser Problematik Konsequenzen und entwickelt neue gestalterische Verfahren. Abstraktionen und Gegenständlichkeit, Moderne und Tradition verlieren dabei ihre starke Gegensätzlichkeit; stattdessen rückt die Spannung des Bildes sowie die Frage nach der Wahrheit in den Mittelpunkt. Diese Aspekte begründen unter anderem meine Faszination für seine Bilder. Im Zentrum stehen vergleichende Überlegungen über die paradoxe Struktur, die sich damit befasst, das Unfassbare und Unbestimmte gestaltbar zu machen, ohne sie zu determinieren. Dabei spielen die Begriffe Sichtbares und Unsichtbares eine massgebliche Rolle. Durch eine vertiefte Beschäftigung mit der Wahrnehmung, den Erscheinungen und dem Phänomen des Sehens rückt in seinen Werken die Beziehung von Sichtbarem und Unsichtbarem in den Mittelpunkt."

Barbara erinnert sich an ein Seminar über Edmund Husserl, einer der Begründer und Verfechter der Phänomenologie. „Die phänomenologische Philosophie hilft, die Komplexität von Morandis Bildern aus einer neuen Perspektive zu betrachten. Dass sich die Forschungsliteratur vor allem auf das Thema Sehen und Betrachten konzentriert, ist auf Morandis Beharrlichkeit auf wenige Themen – Stillleben und Landschaft – zurückzuführen. Die Wiederholung der Motive legt den Eindruck nahe, dass er mit seiner Malerei nicht narrative, soziale oder symbolische Absichten verfolgt, sondern es ihm um eine konsequente Betrachtung der Phänomene bei der Wahrnehmung geht."

Robert überlässt die philosophischen Betrachtungen seiner Begleiterin und konzentriert sich auf die Persönlichkeit, das Werk des Künstlers.

„Mit wenigen kompositorischen Änderungen und farblichen Abstufungen erschafft Morandi in einer Reihe von drei, vier Bildern erstaunliche Variationen in der Wahrnehmung von Raum und Objekt. Das, was nach einer Reduktion der Mittel, der Themen sowie der Farben, die in einer tonalen Harmonie aufeinander bezogen bleiben, einfach aussieht, wird schliesslich zu einem Staunen über die Unklarheit, Unbeständigkeit und Vielfalt der Wahrnehmung. Daraus geht deutlich hervor, wie sorgfältig und reflektiert Morandi bei seinen Werken ist; das macht die Faszination seiner Bilder aus. Kunstkritiker heben den Mythos Morandi als einsamen, an sozialen wie künstlerischen Ereignissen uninteressierten Maler immer wieder hervor. Seine Biografie bietet keine romanhaften Ablenkungen. Morandis künstlerische Arbeit war ein Leben lang der Malerei, grafischen Techniken, Radierung und Zeichnung gewidmet. Mit Äusserungen über seine eigenen Werke hielt sich Morandi zurück und vermied laute künstlerische Bekenntnisse."

„Seine Vielfältigkeit kleiner Verschiebungen und die farblichen Nuancen zeugen, im scheinbar Einheitlichen, von faszinierenden Unterschieden. Diese Variationen darf man nicht durch ein statistisches Beschreibungsverfahren bagatellisieren, sondern darin liegt die Qualität von Morandis Schaffensprozess."

Robert konkretisiert. „Das Arrangement von Flaschen, Vasen, Kannen und Dosen ist immer ähnlich.

Die in Farbfelder aufgeteilte Leinwand suggeriert einen Raum mit einer ebenen Abstellfläche vor einer monochromen Wand. Betrachter sind geneigt, die Ebene als Tischplatte zu assoziieren. Bilder der späteren Jahre lösen konkrete Vorstellungen von Tisch und Wand zunehmend auf. Komposition und Struktur ändern sich unwesentlich; minimale formale Abstufungen verunsichern die Betrachtenden bei ihrer Wahrnehmung. Morandi gelingt es, Raum und Fläche, genauso wie Objekt und Fläche, gleichzeitig, gleichwertig wirken zu lassen. Dabei stimmt er die Farben untereinander zwischen Flächen- und Raumbeziehungen auf subtile Art und Weise aufeinander ab. Hintergrund, Vordergrund, Objekte, Raum und Form sind in einer ähnlichen Farbigkeit gehalten und tragen Spuren der anderen Farben in sich. Durch das Beimischen von Weiss verstärkt er den Gleichklang der Farbe und erzeugt die Wirkung von diffusem Licht, das starke Umrisse auflöst. Morandi ist ein Meister im Umgang mit den Farben Schwarz und Weiss. Er setzt sie alternierend ein im Spiel zwischen Leere und Körper, Präsenz und Absenz. Einmal suggeriert Schwarz einen Schatten, mal ist es Körper, das Weiss ist einmal Glanz und ebenso Teil des Raums oder des Objekts. Die Farbigkeit der Flächen der Gefässe verbindet sich mit unbuntem gräulichem Hintergrund meist dort, wo sie die dritte Dimension des Objekts wiedergeben sollte. Trotzdem schafft sie einen Kontrast zwischen Objekt und Raum. Zu der komplexen Wirkung der Farbe gesellt sich seine ausgeklügelte Komposition. Die konsequente und genau konstruierte Zusammenstellung der Objekte in der Bildmitte verleiht den schmalen Zwischenräumen sowie dem die Objekte umgebenden Raum eine besondere Wirkung. Die Objekte grenzen teils ohne Zwischenraum aneinander. Sie teilen dabei ihre Umrisse mit anderen Elementen des Bildes. Dabei verlieren sie ihre Wertigkeit als Objekt, werden zu Farbflächen. Hingegen erschaffen Zwischenräume, die mit dunkleren Strichen angedeutet werden, Tiefe und Volumen. Die Komposition der Objekte wirkt als Ganzes und lässt gleichzeitig jedes einzelne Element der Einheit erkennen."

Barbara fasst zusammen. „Morandi hebt bei seinen Bildern für Raum und Objekt die klassische konstruktive Perspektive auf. Er schafft dabei eine konstruktive Poesie. Diese wird durch den unruhigen, bewegten, wirr anmutenden Duktus der Pinselstriche noch verstärkt."

„Seine Pinselspuren sind heftig mit einem langen, geschwungenen Gestus aufgetragen. Mit seinen groben Pinselstrichen umreisst er Flächen, Körper und Räume. Diese Haltung verfolgt er konsequent und führt die Maltechnik ins Extreme, um den Gegenstand, in der statischen Präsenz, zu destabilisieren. In seinen späteren Bildern definieren sich die Objekte zunehmend durch eine Aggregation der Materie, eine diffuse Vermischung von Fläche und Umrissen, eine Koexistenz von Körper und Raum in der Farbe. Diese Eigenart von Morandis Werken findet bei Kunstkritikern grosse Anerkennung. Gottfried

Boehm hat dazu Folgendes treffend formuliert: Morandis Stillleben würden Raumerfahrungen anbieten, bei denen Raum- und Flächenwahrnehmungen paradoxerweise identisch seien."

Ihr Dialog hat die Form eines Duetts in einer klassischen Oper, erinnert an ein Gespräch zwischen Faust und Mephisto. Barbara ist am Zug.

„Mit Sprache sind Morandis Bilder nicht zu begreifen. Die Wörter stossen an Grenzen der Benennbarkeit, der Begrifflichkeit. Hinter- beziehungsweise Vordergrund verlieren ihre räumlichen Massstäbe. Konkrete Bezeichnungen wie Tisch, Wand, Dose oder Kanne scheinen sich aufzulösen und verlieren ihre Wirkung. Die Wörter greifen nicht. Die Ebene der definierten Werte ist in den Bildern nicht offensichtlich enthalten, als wäre sie vergessen worden oder nie da gewesen. Die Wirkung der Bilder veranschaulicht einen Prozess, ein Kontinuum. Die Dinge sind noch nicht entstanden oder sie lösen sich gerade auf, je nach Standpunkt. Der sprachlichen Aneignung, die dem Bild Botschaften entnehmen möchte, sind deutliche Grenzen gesetzt. Frei von einer solchen Zuschreibung verlieren sie ihre ikonografische, symbolische, allegorische sowie narrative Relevanz."

„Einverstanden, aber dennoch bleibt die Frage nach den Eigenschaften der Motive beziehungsweise der abgebildeten Objekte, der Modelle, und ihrer Relevanz beim Betrachten der Bilder. Flaschen, Vasen und Dosen besitzen eine Eigenständigkeit, im Sinne der Phänomenologie eine Einzigartigkeit, die sie von anderen Themen unterscheidet. Seine Aufmerksamkeit beim Betrachten konzentriert sich bei Morandi auf die Körperform und wie diese Form auf dem Bild entstehen kann, nämlich mit Licht, Farbe und in ihrer osmotischen Erscheinung zu den restlichen Objekten und Flächen. Dabei drängt Morandi alle Zeugnisse von Kontexten, Ort und Zeit, Materialität und Wertigkeit der Dinge zurück. Sie werden von der malerischen Substanz, vom Licht, von der Farbe und der Form absorbiert. Es entsteht eine Ambivalenz zwischen ihrer vertrauten Alltäglichkeit einerseits und ihrer distanzierten Erhabenheit anderseits."

Und wieder macht sie einen Einwurf, um das Gespräch weiterzuführen.

„Man ist versucht, die Modernität und Aktualität der Bilder in einer Verherrlichung der einfachen Dinge zu suchen. Wenn es aber so wäre, verwiesen die Objekte auf einen bescheidenen Haushalt und damit auf eine soziale und gesellschaftliche Realität, die Werte des bescheidenen handwerklichen Lebens darstellt."

Robert geniesst die Situation. Ihre Einwürfe lösen bei ihm immer neue Assoziationen aus, die ihn selbst verblüffen.

„Morandi rückt mit seiner Art und Weise der Malerei das Wahrnehmen, das Betrachten, die Betrachtung und den Prozess des Sehens in den Vordergrund. Dadurch tritt der Zweck der Objekte und ihre konventionelle Kontextualisierung in den Hintergrund. Die alltäglichen Gegenstände verweisen dabei nicht auf eine soziale Wertung. Die vertrauten Objekte, die dem Maler als Modelle dienen, sind unspektakulär. Sie gehören zur omnipräsenten Umgebung. Sie konstituieren als Gebrauchsgegenstände eine Umgebung, ohne eine explizite Aufmerksamkeit zu verlangen. In Morandis Bildern erscheinen sie in einer ungreifbaren Welt. Durch ihr wiederholtes Auftreten als unfassbare Objekte gewinnen sie das Vertrauen der Betrachtenden und zeigen trotzdem eine unerwartete Distanz. Ihre Unfassbarkeit basiert auf dem Verlust eines festen Kontexts und einer determinierten Form. Die Bewegung, der Prozess, das Auflösen und Aufbauen von Raum, Fläche und Objekten stellen die Zeit als absolute Einheit infrage. Bei Morandis Schaffen leben Verlauf und Gleichzeitigkeit von der gleichen malerischen Substanz. Alles ist in sich unauffällig und gleichzeitig präsent. Seine Bilder laden aufgrund des Gleichgewichts in ihrer Komposition zu einer langen Betrachtung ein. Die Konzentration auf die Modelle in der arrangierten, künstlichen Situation des Bildes schliesst die Zufälligkeit aus. Die erhabene Distanz zu den Objekten schafft Morandi durch die kompakte einsame Stellung in der Bildmitte. Um sie herum ist die Leere, die an ihrer Entstehung und Komposition teilhat. Die Objekte sichern sich ihre Existenz durch ihr Zusammenhalten. In der Einheit der Objekte untereinander mit der Umgebung entsteht so etwas wie eine transzendente Dimension. Die Konzentration der Objekte in der Bildmitte stärkt die Leere und damit die Präsenz des Raums. Die Dinge scheinen keiner

Vergänglichkeit ausgesetzt, was ihnen eine sonderbare Stellung verleiht. Die Objekte und ihre Umgebung sind nicht surreal. Die Alltäglichkeit erfährt eine ungewöhnliche Erscheinung, ohne in sich widersprüchlich zu wirken. Die vollendete Einheit des Bildes lebt von den Oppositionen von Vertrautheit und verschwiegener Geschlossenheit, Stille und Spannung, Bewegung und Ruhe, Vollendung und Unvollendung."

Hunger und Durst unterbrechen ihren Dialog. Sie lenken ihre Aufmerksamkeit auf die Schilder am Rand der Autobahn. Autostrada del Sole. Austreten tut Not. Eine weisse Schrift auf rotem Grund, an die Schweizerflagge erinnernd, gewinnt ihre Aufmerksamkeit. Autogrill. Das Logo thront auf einer aufwendigen Metallkonstruktion und ist von Weitem erkennbar.

„Wir sind gerettet!" Barbara stöhnt, geplagt von einer vollen Blase. Sie nimmt die Ausfahrt und fährt auf ein freies Parkfeld, zieht den Zündschlüssel ab, wirft ihn Robert zu und rennt auf die Toiletten zu. Sie reisst die Tür auf und verschwindet.

Roberts Frage verhallt im abendlichen Verkehr. Er wiederholt für sich: „Wollen wir etwas essen?" – Es herrscht emsiger Betrieb. Italianità pur. Barbara kommt zurück. „Ich habe einen Bärenhunger!" „Ich könnte auch etwas vertragen. Geh auch noch schnell Hände waschen. Wartest du hier?" „Ich suche uns einen Platz." Barbara verschwindet in der Raststätte.

Der Griff an die Gesässtasche versichert ihm, dass noch alles an seinem Ort ist, auch das Portemonnaie. Ungeduldig reiht er sich in die Kolonne vor dem Pissoir ein. Er kann es kaum erwarten, sich zu erleichtern. Nervös wechselt er von einem Fuss auf den anderen. Endlich.

Barbara ist erfolgreich und findet einen freien Zweiertisch, wo sie Robert erwartet. Sie beobachtet das Geschehen und amüsiert sich über die italienische Leichtigkeit des Seins. Charmant, elegant, eloquent mit viel Gestik bezahlen sie Benzinrechnungen, bestellen Kaffee, Pasta.

Robert quält sich durchs Gedränge zu Barbara vor. „Eine Cola, ein Stück Pizza." „Sofort. Keinen Kaffee?" „Gerne, doch, das wäre gut."

Robert entspannt sich, während Barbara das Bestellte besorgt und für sich das Gleiche bringt. Schweigend verzehren sie den Snack und schlürfen ihre Cola. Die lange Fahrt ist nicht ganz spurlos an ihnen vorbeigegangen. Erst jetzt bemerken sie ihre Müdigkeit. Auch das Gespräch über Morandi war anstrengend.

„Vertreten wir uns noch ein wenig die Beine, bevor wir weiterfahren. Florenz oder Rom?"

Barbaras Antwort fällt schnell und eindeutig aus. „Rom!" „Ich übernehme das Steuer."

Sie schlendern durch den geschwungenen Rundweg unter den Pinien. Es ist angenehm warm. Eine leichte Brise erfrischt die Spaziergänger. Barbara und Robert sind nicht allein. Kinder, Hunde, Nonnas und Nonnos – es herrscht Betrieb wie am helllichten Tag. Bevor sie zum Auto zurückkehren, genehmigen sie sich noch einmal einen Kaffee an der Bar und decken sich mit Getränken und Süssigkeiten ein, einem kleinen Proviant für die Weiterreise.

Barbara fährt zu den Tanksäulen. Mit vollem Tank geht es weiter. Kaum im Auto, reihen sie sich in den Verkehrsstrom Richtung Süden, Richtung Rom. Das Verkehrsaufkommen ist gewachsen. Niemand hält sich an die Höchstgeschwindigkeit. Überholt wird links, rechts. Dennoch – gefährlich scheint es nicht. Alle blicken vorwärts und übernehmen die Verantwortung, dass vorne nichts passiert. Es wird gebremst, geflucht. Der Zusammenstoss wird vermieden. Alle rauschen sie einem Ziel entgegen: Rom.

Die Römer lassen sich an den Nummernschildern ausmachen. Es sind keine Ferien, deshalb hat es auch kaum Touristen. Die Reklameschilder an Rand der Autobahn werden dichter. Für alles wird geworben: Getränke, Restaurants, Hotels, Benzin, Filme, Dancings. Die Geschwindigkeit ist hoch. Barbara fährt sicher, der italienische Fahrstil scheint ihr vertraut. Es hat kaum mehr Lastwagen. Sie fährt auf der rechten Fahrbahn. Hält regelmässigen Abstand zum vorderen Auto. Ein Alfa Romeo, das neuste Modell der Limousinen, weiss sie.

Sie interessiert sich für Autos. Sie liebt das Autofahren. Obschon, stimmen und wählen tut sie grün. Robert rot. Aber auch ihm gefällt das Autofahren. Gegenwärtig interessiert das niemanden – das Ziel ist Rom.

Der Weg ist noch weit. Genug Zeit, um sich weiter über Kunst auszutauschen, denkt Robert und kommt auf Morandi zurück. Die Ausfahrt Firenze Süd fliegt an ihnen vorbei. Sie habe sich eigentlich auch als eine Morandi-Liebhaberin entpuppt, erinnert sich Robert an das Gespräch auf der Fahrt vor der Raststätte.

„Ja, ich liebe Morandi beziehungsweise seine Kompositionen mit Gefässen. Bei seinen Bildern assoziiere ich meistens Menschengruppen. Dabei denke ich an Rodin, an seine Skulptur die ‚Bürger von Calais' zum Beispiel. Manchmal kommen mir auch die Figuren Alberto Giacomettis in den Sinn. Obschon rein formal kaum eine Beziehung ausgemacht werden kann. Vielleicht ist es die Wirkung – sowohl bei Giacomettis wie auch bei Morandis Werken finde ich mich beim Betrachten in einer kontemplativen Stimmung. In diesen Situationen ist es mir unmöglich, mit Wörtern auszudrücken, was ich empfinde. Ich spüre, dass ich in diesen Augenblicken sehr verletzlich bin. Manchmal weine ich und kann nicht erklären, warum."

Robert kennt diese Bildwirkung. „Ich versuche, dir meine Lieblings-Natura-Morte zu beschreiben. Ich bin gespannt, ob du sie erkennst."

„Sollte es sich um mein Lieblingsbild handeln, besteht eine Chance, ansonsten wird es schwierig. – Leg los."

„Die Objekte sind in der Bildmitte aufgereiht. Der Abstand vom Betrachter zu den Gegenständen ist minimal und vermittelt eine gewisse Intimität. Das Zusammenspiel der etwas dunkleren Tischkante, einer Nuance hellerem Grauton für die Abstellfläche und der hellen Hintergrundwand in groben, gewellten

Pinselstrichen gehalten, erzeugen die in seinen Bildern vertraute Räumlichkeit. Dabei wirkt der Raum eher verhalten und die Dreidimensionalität tritt kaum in Erscheinung. Die Objekte sind drei mehr oder weniger gleich aussehende Dosen: eine weisse in der Mitte, eine rötlich-weisse an ihrer rechten Seite, etwas nach hinten versetzt eine orangeweisse auf der linken Seite, die sich vor einem dunkelblauen Gefäss befindet. Eine weisslich-rote Flasche mit schmalem Flaschenhals steht hinter der mittleren Dose fast zentriert vor einem ebenfalls dunkelviolettblauen Gefäss. Zwischen der mittleren und der linken Dose lässt sich die Öffnung einer niedrigen Vase erkennen. Auf der linken Seite schert eine grüne Fläche leicht nach hinten versetzt aus dieser Reihe aus. Die Objekte sind kompakt arrangiert. Gestaffelt in drei Schichten symmetrisch anmutend, hat das Ganze etwas Spielerisches. Die Ordnung der Komposition scheint poetisch eine Harmonie auszuloten. Zwei Dosen stehen präzis auf der vorderen Kante der Abstellfläche. Die hintere Tischkante erscheint wie eine Horizontlinie, die Abstellfläche und Wand unterteilt. Zudem trennt sie genau die dunklere hintere Vase von der helleren im Vordergrund stehenden Dose und markiert die Stelle, wo der Flaschenhals der Flasche hinter der mittleren Dose ansetzt. Rechts liegt der runde untere Rand der grünlichen Dose wiederum auf der Höhe der Grundlinie, der linken, leicht versetzten Dose. Die Objekte bilden eigentlich eine fast geschlossene Einheit. Mit kleinen Verschiebungen und den Überschneidungen von Gefässen löst Morandi die Starrheit der Reihung gekonnt auf und bewegt sie. Einerseits schafft er eine räumliche Orientierung, die er anderseits gleichzeitig durch die leisen Interventionen stört."

„Ich habe langsam eine Vorstellung des Bildes. Eines weiss ich: Mein Lieblingsbild ist es nicht. Obschon, in meiner Fantasie gefällt es mir, sehr sogar. Es könnte eines meiner Lieblingsbilder sein, oder vielleicht werden. Beschreib weiter."

Das Geschehen auf der Strasse tritt wieder in den Hintergrund. Die Bilder am Rand der Strasse weichen den Vorstellungen der Beschreibung von Morandis Gemälde: schlichte, sorgfältig komponierte Gefässgruppen in verhaltenen Räumen.

„Die symmetrische Anordnung der Objekte wird nach rechts und links, nach hinten und nach vorne immer wieder gebrochen. Die Übergänge zwischen Objekten, Wand und Abstellfläche sind vage. Sie eröffnen damit Räume, welche die Massstäblichkeit der Objekte nicht unbedingt berücksichtigen. Da, wo die Objekte sich treffen und man eine Trennlinie sowie eine Abgrenzung vom Bildraum dazwischen erwartet, die Linien der oberen Flächen entsprechend den Perspektivregeln eigentlich in die Tiefe führen sollten, verwischt eine graue Farbigkeit wie die der Abstellfläche und der Wand die plastische Wirkung der Objekte. Die weisse Flasche in der Bildmitte geht in eine farbliche und körperliche Einheit mit der vor ihr stehenden Dose über und wirkt räumlich bis in den Vordergrund. Ihr Hals zeichnet sich ab und schafft eine weisse Leere im Abstand zur dunkleren Farbe der Vase, die sich genau hinter ihr befindet und sie in einem Rechteck einschliesst. Die violettblauen Rechtecke im Hintergrund verlieren im Vergleich mit den helleren vorderen Formen jeglichen Anspruch auf Volumen. Es ergibt sich keine Aufsicht, vielmehr scheinen sie als Hintergrund für die vorderen Objekte zu dienen. Sie geben keinen Hinweis auf ihr eigentlich plastisches Volumen. Noch weniger als die vorderen Dosen lassen sie sich als bestimmbare Objekte erkennen. Ihre Anonymität reduziert die Ausbildung ihrer räumlichen Eigenschaften."

„Ich fasse kurz zusammen, damit ich den Überblick nicht verliere. Es gibt eine graue Abstellfläche mit einer dunkleren Kante. Darauf stehen acht verschiedene Gefässe: drei Dosen im Vordergrund, eine grünliche Schatulle rechts, eine weissgraue Schale dahinter, in der Mitte eine weisse Flasche, die vor zwei violettblauen, Vasen ähnlichen Gefässen stehen. Die Objekte sind in der Bildmitte ebenfalls auf drei Ebenen angeordnet. Die hintere Kante der Abstellfläche bildet mit der im Hintergrund liegenden Wand gleichsam einen Horizont. Farben und Formen der Komposition der Objekte, Abstellfläche und Wand bilden eine subtile Räumlichkeit."

„Ich hätte es nicht besser zusammenfassen können. Morandis Bilder leben aber von den Nuancen, die sich in jedem einzelnen Werk zeigen und vor allem auch die Werkgruppen deutlich manifestieren. Um auf mein Bild zurückzukommen: Die Flächen und die

Linien, die eigentlich die Tiefe wiedergeben sollten, sind entweder undeutlich, weil sie in ähnlicher Tonalität von Hintergrund und Abstellfläche gehalten sind, oder sie sind gar nicht erst vorhanden, wie bei den hinteren Vasen, die praktisch keine Öffnung zeigen. Die Staffelung der Objekte erzeugt die Räumlichkeit. Dies ist für Morandi ein Element der Variation, welche die Wirkung der Bilder prägt. Ihre Dichte ist durch die Abstufung der blassen Farbigkeit zurückgenommen und steht nicht in Kontrast zu den restlichen Flächen, sondern ist ein Teil von ihnen. Besonders auffällig ist, dass die gemalten Objekte, trotz ihrer deutlichen gegenständlichen Referenz – Vasen, Dosen, Flaschen und Schüsseln – eine eigene visuelle Identität gewonnen haben. Die Existenz der Objekte besteht in der malerischen Materie. Dabei wirken zwei Eindrücke gleichzeitig. Die Anordnung der Linien der Objekte sowie des Raums vermittelt Ordnung und Ruhe. Die Beziehung der Objekte untereinander ist oszillierend, die Pinselstriche sind wellig, die Formen und Ebenen kaum fassbar. Sichtbare Objekte und der Raum zeigen sich in einem Prozess, in dem nichts als gegeben gilt und alles sich in Relation zueinander behauptet. Die kontemplative Wirkung macht für die Betrachtenden Unsichtbares wahrnehmbar, erlebbar, erkennbar."

Barbara nimmt die Hände vom Lenkrad und applaudiert. „Wow, das war wunderbar."

Die dunklen, silhouettenhaften Objekte in der Landschaft rauschen an ihnen vorbei.

„Jetzt zu deinem Lieblingsbild, bevor wir zu klären

versuchen, um welche konkreten Werke es sich bei den Beschreibungen handelt."

„Die Andeutung eines gräulichen Tischs oder einer Abstellfläche vor einem helleren Hintergrund bleibt. Allerdings fehlt die dunkle Kante im Vordergrund. Die Distanz zu den Modellen ist etwas geringer. Es sind nur wenige Farbnuancen, die im Grau Abstellfläche und Wand voneinander absetzen. Die Farbe sowie die Anzahl der Objekte und ihre Anordnung wirken reduziert. Sie sind in Weiss, Schwarz, Grau und gelblichen Zwischentönen gehalten. Ihre Anordnung wirkt, als ob sie als organische Materie zusammengehörten. Kein Umriss ist wirklich gerade, keine Linie wirklich getrennt vom Ganzen. Die organischen Flächen sind genauso konkret und präsent wie die Gefässe, die sich in der Mitte der Leinwand befinden. Im Zentrum steht eine gelbliche Dose mit einem ockerfarbenen Trichter, links flankiert von einer weissen bauchigen Flasche mit einem schlanken Hals, rechts ein weisslicher Krug mit grauen Bordüren am Boden und beim Deckel sowie mit einer zentralen schwanenhalsförmigen Ausschanköffnung. Die drei Gefässe bilden den Vordergrund. In der zweiten Reihe lässt sich zwischen dem rechten Krug und der im Zentrum stehenden Dose ein dunkleres Gefäss ausmachen. Eine kleine Asymmetrie erlaubt die Vorstellung eines Raums zwischen den zwei Objektebenen und schafft so eine stärkere Wahrnehmung der Staffelung und der Tiefe. Die Flasche steht minim mehr nach links, der obere Rand des auf der rechten Seite stehenden Kruges trifft auf die Horizontlinie und verbindet Abstellfläche und Hintergrund. Übereinstimmungen der Linien und des Linienverlaufs zeigen sich auch im Aufeinandertreffen der oberen Kante des Krugs mit dem Rand des dahinterstehenden Gefässes. Die Farben von Abstellfläche und Hintergrund wirken unrein. Jede Nuance nimmt subtil den benachbarten Farbton auf. Der Kontrast der hellen Gefässe zu den diffusen Farbstellungen des Raums bewirkt keine wirkliche Spannung, sondern lässt Raum und Gegenstände als verbunden erscheinen. Das ockergelbe Objekt im Zentrum und die beiden seitlichen weissen Gefässe bilden in der Farbe und in der Form ein Ganzes. Je nach Seheinstellung gewinnen das zentrierte Objekt oder die weissen Gefässe an Volumen. Die Objekte haben keine Schatten. Ihre feinen farblichen Schwingungen vermitteln eine Art Aura. Dunklere Pinselstriche zwischen ihnen erzeugen ein Heraustreten aus der Fläche in den Raum. Die Objekte ruhen in sich selbst. Eng stehend im leeren Raum, der sie umgibt, rücken sie näher zu den Betrachtenden und vermitteln eine vertraute Intimität. Die hintere Kante der Abstellfläche ist wie ein Horizont, der Hintergrund, Bildzentrum und Vordergrund harmonisch unterteilt. Durch die Bewegung des Pinsels, die diffusen Farben, die bewegten Umrisse und das milchige Licht erhalten Raum und Objekte genau die gleichen Eigenschaften und lassen sich nicht trennen. Auch dieses Bild von Morandi intendiert eine doppelte Betrachtung. Die Absicht, die gewollte Funktion des Schöpfers ist Betrachtung. Kein Symbolismus, keine Narration, weder Ironisches noch Hinweise auf einen Zusammenhang mit dem Alltäglichen, aus dem die Objekte wie auch der Raum stammen, sind gegeben. Nichts lenkt vom Sehen an sich ab. Das bewirkt gleichzeitig die Nähe, eine organische und sinnliche Dimension, und eine Distanz, die die Ungreifbarkeit dieser Sichtbarkeit verursachen. Auch mit diesem Bild thematisiert Morandi eine der wichtigsten Qualitäten seiner Gemälde, nämlich das Fremde und die Mehrdeutigkeit des nur angeblich definierten Sichtbaren ins Bewusstsein zu rufen." –

Robert blättert die ihm bekannten Werke von Morandi in seinem Gedächtnis durch. Er glaubt, das von Barbara beschriebene Bild zu kennen. Es ist eines seiner Lieblingsbilder. Noch einfacher, aber um so wirkungsvoller als die meisten seiner eindrücklichen Gemälde. Ein Werk, das alle Absichten Morandis in sich vereint.

„Ich kenne das von dir beschriebene Bild, es ist das Masterpiece schlechthin. Eine gute Wahl. Ich meine, es in Winterthur gesehen zu haben."

„Ich habe es offensichtlich mit einem absoluten Kennerzu tun. Gratuliere, ja, das Werk gehört zur Sammlung des Kunstmuseums Winterthur. Du weisst, dass Morandi die Sammlerfamilie Reinhart in Winterthur besuchte? Eines seiner wenigen Reiseziele, wenn er Bologna überhaupt verliess."

„Einer, der sich tagtäglich in unendlichen Räumen in seinem Atelier bewegt, braucht wahrscheinlich die

Koffer nicht zu packen."

„Das hast du schön gesagt. Wie ich es geniesse, mit dir über Morandi zu fabulieren. Diese Gespräche über Kunstschaffende und über Kunstwerke fehlen mir, seit ich das Studium abgeschlossen habe."

Blinkende Scheinwerfer holen sie auf die Autobahn zurück. Barbara hat die Geschwindigkeit während ihres elaborierten Dialogs auf achtzig Stundenkilometer fallen lassen. Die Autos fahren dreispurig. Es gibt kaum Raum zum Überholen. Das Verkehrsaufkommen zu dieser Zeit ist für die beiden ungewohnt, ist aber italienischer Alltag. Immer wenn es auf Städte zugeht, verdichtet sich der Verkehr deutlich und man bekommt die Ungeduld der anderen zu spüren. Barbara beschleunigt. Die Distanz zum Fahrzeug hinter ihnen ist schnell um ein paar Hundert Meter gewachsen. Das Aufblinken der Scheinwerfer bleibt aus. Roma.

In unregelmässigen Abständen kündigen verschiedene Plakate die Hauptstadt an. Centro. „Geradeaus, immer geradeaus." „Ich weiss."

Hinter ihnen verlässt eine Kolonne über die Ausfahrt die Autobahn. Sie nähern sich der Autostrada del Grande Raccordo Anulare, dem über sechzig Kilometer langen Strassenring rund um Rom. Vorbei mit dem kontinuierlichen Fluss. Jetzt wird überholt, was das Zeug hält. Links, rechts, egal – einfach vorwärtskommen um jeden Preis. Hupen. Fluchen. Fuchteln. Zwinkern. Gesten. Fingersprache. Trinken. Schmusen. Lesen. Alles ist erlaubt. Und nichts passiert. Alle kommen aneinander vorbei.

Barbara fährt, als wäre sie eine Einheimische. „Du fährst nicht wie eine Italienerin." Barbara mustert Robert erstaunt von der Seite. „Sondern?" „Wie ein Neapolitaner!" Barbara lacht. „Ein schönes Kompliment, gefällt mir." „Weisst du, welche Ausfahrt du nehmen willst?" „Lass uns die Atmosphäre geniessen. Einmal rundherum. Einverstanden?"

Robert gefällt der Gedanke. Er mag das Treiben. Er denkt an „Roma", den Film von Fellini. Die Szenen auf der Strasse. Den Bauern mit dem Esel und dem Karren hat er noch nicht entdeckt. Er kann aber viele vertraute Situationen ausmachen, die italienische Leichtigkeit des Seins.

Hier scheint sich das Multitasking nicht auf die weiblichen Verkehrsteilnehmer zu beschränken. Niemand ist nur am Lenken, denkt er.

„Schau!" Er traut seinen Augen nicht: der Esel vor dem Karren mit den Strohballen am Rand der Strasse, geführt von einem bärtigen alten Mann. „Wie in ‚Roma' von Fellini." „Ja, bei ihm weiss man nie, ist es Fiktion oder Dokumentation. Menschlich scheint es mir immer. Berührend sind seine Filme in jedem Fall." Robert teilt ihre Ansicht mit einem stummen Kopfnicken. „Essen?" „Das wäre wunderbar!" „Es gibt bestimmt irgendwo noch ein Lokal mit warmer Pasta, Wein!"

Barilla, Vespa, Fiat, Corriere della Sera, die Leuchtreklamen flankieren die Strasse und werfen ihr buntes Licht auf die Fahrbahn. Lärm von hochtourig gefahrenen Motorrädern, aufbrausende Automotoren, eine Geräuschkulisse, die hervorragend zum Lichtspiel der Leuchtreklamen passt. Eine pulsierende Atmosphäre einer Metropole mit italienischem Temperament.

„Würde ich es nicht erleben und jemand würde mir vom Verkehr auf der Autostrada del Grande Raccordo Anulare erzählen, würde ich ihm antworten: typisch italienisches Klischee."

Robert staunt einal mehr über Barbaras Fahrkunst.

„Wer Fellinis Film ‚Roma' gesehen hat, dem ist die Situation vertraut."

Robert hatte die meisten italienischen Autorenfilme gesehen, von Fellini, Visconti, Pasolini …

„Ich nehme die nächste Ausfahrt, sie führt uns am direktesten ins Zentrum."

„Ich schlage vor, wir fahren zum ‚Grand Hotel Palace'. Dort gibt es in der Bar auch um diese Uhrzeit noch einen warmen Snack." „Eine gute Idee."

Sie tauchen ein in die Stadtgassen der Hauptstadt, die Dichte des Verkehrs löst sich mehr und mehr auf. Sie sind allein unterwegs. Vor dem Hotel finden sie einen leeren Parkplatz. Sie manövriert die schwarze Limousine gekonnt in eine Parklücke.

Sie steigen aus, nehmen das nötigste Gepäck und schlendern auf den unweit entfernten Eingang zu. An der linken Eingangssäule lehnt ein Facchino und raucht. Sie sollen alle wertvollen Dinge mit hoch ins Zimmer nehmen, mahnt er sie. Es habe in letzter Zeit immer wieder Diebstähle gegeben. Es sei offenbar eine Bande, die gekonnt die Autos aufbreche, ohne gross Spuren zu hinterlassen. Sie danken für den Hinweis. Der Facchino nimmt ihr Gepäck und begleitet sie zur Rezeption. Sie checken ein, nehmen zwei Einzelzimmer im dritten Stock.

„Ich mache mich etwas frisch. Treffen wir uns in der Bar?" Barbara verschwindet in ihrem Zimmer. Robert legt sein Gepäck ins Zimmer und macht sich auf den Weg zur Bar.

„Birra!" Er geniesst den ersten kühlen Schluck. Barbara hat die Haare hochgesteckt und Jeans und T-Shirt durch ein weites, blumiges Kleid ersetzt. Sie sieht hinreissend aus. Mit anmutigen Schritten kommt sie auf Robert zu und setzt sich auf den gegenüberliegenden Stuhl an das runde Tischchen. Es ist spät.

Auf Roberts Handzeichen kommt der Kellner mit zwei kleinen Perroni und der Speisekarte an ihren Tisch.

„Das ist genau das Richtige." Barbara wartet nicht darauf, dass der Kellner einschenken kann. Sie nimmt die Flasche, prostet Robert zu und trinkt aus der Flasche. Robert mag ihre unkomplizierte, spontane Art. Er bestellt eine Tomatensuppe mit Bruschetta, Barbara schliesst sich an.

Robert greift sich eine weisse Papierserviette, legt sie vor Barbara, nimmt seinen Bleistift aus der Jackentasche. „Los, zeichne das Bild, das ich dir beschrieben habe!" „Was?" „Zeichne!" Robert insistiert. „Ich kann nicht zeichnen." „Mach schon, es braucht nicht ein Morandi zu sein, einfach eine kleine Skizze."

Barbara nimmt den Bleistift und beginnt mit der zentralen Dose. Mit wenigen Strichen gelingt es ihr, die Komposition der Gefässe im Raum mit der Abstellfläche, der dunklen Kante im Vordergrund und dem helleren grauen Hintergrund zu skizzieren. „Ich glaube, es ist ein Bild aus der Serie von 1956." Robert staunt.

„Genau." „Jetzt du." „So war das nicht gemeint." „Los, mach schon."

Die Suppen und die Bruschette kommen. Robert ist erleichtert. „Buon appetito." „Ancora due birre." Sie geniessen ihre Suppen wie ein Festmahl. Auch Robert trinkt jetzt aus der Flasche. Der Kellner räumt die Gläser ab. Was für ein Paar, denkt er sich. „Was ist dein Plan für morgen?", will Robert wissen. „Ich werde meinen Freund überraschen." „Wie?" „Ja, mein Freund weilt in Rom. Er filmt in der Cinecittà. Er ist Kameramann. Er heisst Florian und ist aus der Schweiz." –

Robert stutzt. Kann das sein! Hat er die neue Freundin seines Sohnes nach Rom begleitet? Nur gut, dass er keine Annäherungsversuche unternommen hat, denkt er. „So, komm, iss deine Suppe fertig und zeichne."

Seine Nachdenklichkeit ist ihr nicht aufgefallen. Er überlegt nicht lange und skizziert mit einem gekonnten Strich das von ihr beschriebene Bild mit der Dose und dem Trichter in der Mitte, der Vase links, der Flasche rechts, das angeschnittene Gefäss zwischen Dose und Flasche, die Horizontlinie. Die Skizze ver-

mittelt die Intimität zwischen Objekten und Betrach-
terin beinahe so treffend wie das Gemälde, denkt sie
und ist von der Wirkung der Zeichnung überrascht.
Dieses Bild stammt ebenfalls aus der Schaffensphase
im Jahr 1956. Weiss sie.

„Noch ein Glas Wein?" „Eine gute Idee. Ich bin
noch ein wenig aufgekratzt vom Autofahren." Robert
bestellt zwei Gläser Amareno. Sie sind die einzigen
Gäste. Der livrierte Kellner bedient sie aufmerksam,
aber diskret.

Robert behält seine Vermutung, dass ihr Florian
sein Sohn sein könnte, für sich. Sie tauschen noch ein
paar Eindrücke der gemeinsamen Reise aus, bevor sie
sich in ihre Zimmer zurückziehen.

Im Bad fällt Robert auf, dass er seinen Toilettenbeutel im Kofferraum des Autos zurückgelassen hat.
Er braucht die darin verstauten Medikamente. Er klei-
det sich mit Jeans und Pullover, zieht seine bequemen
Stoffmokassins an und geht zum Auto. Er schliesst
den Kofferraum auf. Verlassen in der linken Ecke
liegt der Toilettenbeutel. Die Ladung, die zwei Koffer
mit Zündern und Sprengstoff für die geplante Tunnelsprengung, fehlen. Robert schreckt auf, packt den
Beutel und schlägt den Kofferraum zu. Den Diebstahl
kann er nicht melden. –

Es hat sich für ihn ein Problem auf elegante Weise
gelöst. Erleichtert, aber nachdenklich kehrt er ins Zimmer zurück. Das müssen die vom Fachino beschrie-
benen Profis gewesen sein, überlegt er. Er weiss es
nicht. Es bleibt ein Geheimnis. Erschöpft legt er sich

aufs Bett und schläft ein. Das Klingeln seines Handys reisst ihn aus dem tiefen Schlaf. „Frühstücken." „Barbara?" „Wer denn sonst? Ich sitze im Speisesaal und warte. Soll ich Kaffee bestellen? Nimmst du Eier mit Speck?" „Cappuccino und zwei Bombolone alla crema. Ich mag Süsses." „Ok, Chief."

Sein Dreitagebart gefällt ihm. Überhaupt ist er mit seinem Aussehen zufrieden. Kurz unter die Dusche. Frische Jeans, ein schwarzes Lacoste übergestreift und hinunter zum Frühstück.

Barbaras welliges braunblondes Haar ist nach hinten gekämmt. Der gelbe Pulli und die blauen Jeans stehen ihr gut. Robert verneigt sich theatralisch und setzt sich vis-à-vis. Barbara trinkt Tee, im Teller liegen frische Tomatenschnitze und Gurken, daneben Käse.

Wie er geschlafen habe, will sie wissen. „Ich habe geschlafen wie ein Stock. Musste zwar noch einmal zum Auto, hatte meinen Toilettenbeutel vergessen." „Wer keinen Kopf hat, der hat Füsse!" Barbara lacht.

Sie habe einen sonderbaren Traum von einer Reise gehabt durch Landschaften, Städte. Sie habe die Orte nicht gekannt. Endlich anzukommen, sei ihr Wunsch gewesen, der ihr mit dem Aufwachen im Bett im „Grand Hotel Palace" in Rom erfüllt worden sei.

Robert schmunzelt ob ihrer Schilderung und geniesst seine Bombolone alla crema. Den Cappuccino. „Ancora un caffè!" „Due." Die Kellnerin nimmt die Bestellung entgegen.

„Und wie sieht dein Tag aus?" „Ich habe hier eine

Adresse." Barbara kramt einen Zettel aus ihrer Jeans-tasche. Roberts Vermutung bestätigt sich: Es ist die Adresse von Florian. „Ich weiss, wo das ist. Ich fahr dich hin. Und übrigens, du bist mein Gast." „Vielen Dank." „In einer halben Stunde an der Rezeption."

Sie gehen zurück in ihre Zimmer, um zu packen. Robert schmunzelt vor sich hin. Er gönnt seinem Sohn diesen wunderbaren Menschen. Das Malaise mit seiner Ladung im Kofferraum nimmt er gelassen hin. Wenn nur nichts auf ihn zurückkommen wird.

Barbara rätselt. Etwas verheimlicht Robert ihr. Sie wird es herausfinden. Robert checkt aus. Sie gehen zum Auto verstauen das Gepäck auf dem Rücksitz.

Er setzt sich hinters Steuer und reiht sich in den römischen Morgenverkehr ein. Zur Sicherheit hat er die Adresse im Navi eingegeben. Barbara ist erstaunt, dass er sie sich nach einem kurzen Blick auf ihren zerknüllten Zettel hat merken können.

Der italienische Lebensstil ist zurück in ihrem All-tag. Im Verkehr zeige er sich am deutlichsten, meint Barbara. „Jetzt müssen wir bald da sein", bemerkt Robert nach fünfzehnminütiger Fahrzeit. Sie haben das Zentrum verlassen und bewegen sich Richtung Ciampino. Alla Piazza della Pace finden sie ein Par-king. Sie steigen aus. Das Gepäck lassen sie im Auto. Da, oberhalb des Gemüseladens, muss es sein.

Barbara ist das erste Mal hier. Robert kennt die Gegend. Blum. Primo Piano. Sie klingeln. „Komm rauf!" Florian erwartet Barbara.

Sie steht vor der Tür. Sie fallen sich in die Arme.

Über ihre Schulter erblickt Florian den Vater. „Du hier?" „Mich hast du nicht erwartet." „Kommt rein." Barbara und Robert treten ein. Umzugskartons versperren den Gang. Robert wohnt noch nicht lange hier. Bis jetzt hat er schlicht keine Zeit gefunden, sich einzurichten. In der Cinecittà ist er als Kameramann gefordert.

Sie gehen in die Küche – den wichtigsten Raum der Italiener, denkt Robert. Sie finden drei Sitzgelegenheiten um den Küchentisch. „Kaffee?" Florian stellt die Espressokanne auf den Gasherd. Er nimmt drei Tassen aus dem Schrank und verteilt sie auf dem Tisch. Die klassischen weissen dickwandigen Porzellantassen. „Erzählt! Wie kommt es, dass ihr zwei mich besucht?" „Das frag ich mich auch. Seit wann weisst du, dass ich die Freundin deines Sohnes bin? "

Robert lächelt, schweigt und geniesst Barbaras Verwunderung.

Barbara steht auf und setzt sich auf Florians Knie, küsst ihn auf den Mund.

Robert beginnt die Geschichte von der Raststätte, der Reise zu erzählen. Er hält sich kurz. Die Details überlässt er Barbara. Sie schwärmt von den Gesprächen, der kurzen Weile im Auto. Den Eindrücken auf der Autobahn. „Du hast einen tollen Vater."

Florian nickt. Robert geniesst die Komplimente der jungen Frau.

„Und du?", will Barbara wissen.

„Kaum in Rom angekommen, ging's los mit dem Dreh in der Cinecittà. Ein fantastischer Ort. Ich hatte es mir nicht so vorgestellt. Eigentlich wusste ich nicht, was mich erwartet, umso mehr staunte ich. Viel Zeit zum Staunen blieb mir allerdings nicht. Die Arbeit begann noch am Tag der Ankunft – deshalb auch die überstellte Wohnung. Es ist ein einzigartiges Projekt. Ich drehe für einen Dokumentarfilm, der später auch für Akquisitionszwecke für Spielfilmprojekte dienen soll. Netflix hat bereits die Fühler ausgestreckt. Cinecittà, das Hollywood von Europa, kursiert in der Presse. Wenn ihr wollt, können wir heute einen kurzen Streifzug durchs Gelände machen. Ich hätte Zeit."

„Ich möchte mich zuerst einrichten." „Wo ist dein Gepäck?" „Unten im Wagen." Florian und Barbara holen das Gepäck, während Robert die Zeit nutzt, sich in der Wohnung umzusehen.

Das passt. Wie hätte er sich gewünscht, in seiner Jugendzeit ähnliche Erfahrungen machen zu können. Sie kommen mit den beiden Koffern zurück und tragen sie ins Schlafzimmer. „Um zehn vor dem Haupteingang des Geländes?"

Robert verlässt die beiden, um sich in Ciampino etwas umzusehen. Er wird heute Abend weiterreisen.

Barbara und Florian geniessen ihr Wiedersehen. Die Kleider fliegen in den Raum. Das metallene Bettgestell stöhnt.

Robert besucht die Kirche am Platz. Er tritt ein. Geruch, Licht und Atmosphäre erinnern an Szenen aus „Don Camillo". Er setzt sich in die erste Bank und bestaunt den Altarraum. Er ist nicht allein. Eine alte schwarz gekleidete Frau sitzt auf der gegenüberliegenden Bank, einen Rosenkranz in der Hand. Sie scheint zu beten.

Robert gefallen Kirchen, auch die bescheidenen, deren Accessoires wie Christus- und Jesusfiguren, die Marien und Heiligen etwas kitschig anmuten, wie das Beispiel von Ciampino. Egal, offenbar finden hier Menschen immer wieder Trost.

Robert befriedigt seinen Voyeurismus. Zurück auf der Piazza schlendert er durchs Zentrum der kleinen Vorstadt von Rom. Sie liegt ganz in der Nähe der Cinecittà. Man kann sie mit dem Bus erreichen. Er beschliesst, das Auto stehen zu lassen, und macht sich zu Fuss auf durch die alten Quartiere, bevor er in den Bus steigt, der ihn zu den Studios bringt. Die Zeit vergeht schnell. Er wird von Barbara und Florian bereits erwartet. Sie strahlen, stellt Robert fest.

„Also, kommt." Florian geht voran und führt sie zielsicher auf das Gelände. „Hast du Fellinis Wohnung schon besucht?" „Nein, ich war noch nie dort." In die Studios hat es Robert noch nie geschafft. „Gehen wir."

Sie kommen zu einer kleinen, bescheidenen Wohnung. Hier hauste Fellini während den Drehs seiner Filme. Robert erinnert die Wohnung an die Wohnsituation Einsteins in Bern.

Darin unterscheidet sich Hollywood von der Cinecittà: Der Prunk liegt nur in den Studios. Robert weiss es nicht. Er war noch nie in Hollywood und auch die Filmstadt in Rom kennt er zu wenig.

„Ich werde mich schlau machen", bringt sich

Barbara ein. Sie wird den Text für die Off-Kommentare in Florians Film schreiben und vor allem auf die architektonischen Hintergründe eingehen. Nach der Besichtigung von Fellinis Wohnung gehen sie weiter zu den Studios. Auf dem Weg kommen sie vorbei an den Kulissen bekannter italienischer Western. Die beiden Gäste sind beeindruckt. Es ist anders, als wenn man nur davon hört. Obwohl viel Zeit verstrichen ist, oder vielleicht gerade weil viel Zeit verstrichen ist, hat der Ort eine eindrückliche Patina.

Nicht weniger erstaunt sind sie, als sie die grossen Hallen der Studios erreichen. Hier entstanden sie, die Drehorte grosser Filme. „Spiel mir das Lied vom Tod" etwa: Sergio Leone drehte sämtliche Innenaufnahmen des Films in diesen Studios. Hier wurden praktisch alle Italien-Western gedreht. Fellini drehte hier seine grössten Erfolge, unter anderem „8 ½". Geschichtsträchtige Räume. Auf die Zukunft darf man gespannt sein. Die Regierung will investieren. Es gibt auch private Interessen. Die Cinecittà scheint gerettet.

Der Spaziergang macht Hunger. „Ich lade euch ein!", schlägt Robert vor. Ein Blick auf die Uhr verrät, dass sie sich bereits zweieinhalb Stunden auf dem Gelände umgesehen haben. „Ich kann das ‚La Cascina' empfehlen." Sie machen sich auf und finden einen Platz auf der Terrasse mit Blick auf den angrenzenden Park. Sie bestellen das Menü mit Fisch und eine Flasche Pinot Grigio. Italianità pur. „Dafür fahre ich jedes Jahr nach Italien. Egal ob Milano, Bologna, Firenze, Piemont oder die ligurische Küste – im kleinsten

Ort findet man eine Lebensfreude, eine Leichtigkeit des Seins, die ich in der Schweiz meistens vermisse."

Robert ist begeistert und geniesst den Ort mit Barbara und Florian. Sie vertiefen die Erzählungen der Reise, der Erfahrungen der letzten Monate. Eine klassische sizilianische Cassata schliesst das Menü ab. Das Haus offeriert eine runde Vecchia Romagna.

Vor der Cinecittà trennen sich ihre Wege. Robert lässt Barbara und Florian auf dem Filmgelände zurück. Er werde sich melden. Er umarmt erst Barbara, danach seinen Sohn, und macht sich auf den Weg zum Auto.

„Wohin geht die Reise?", will Barbara noch wissen. Robert zuckt mit den Schultern. Er hat einen Plan. –

Er quert den Apennin der Abruzzen, um an die adriatische Küste zu kommen. Er folgt ihr bis Ancona, wo er das erste Mal übernachtet. Er kauft den „Corriere della Sera". Gespannt schaut er, ob er etwas erfahren kann, das mit dem Sprengstoffdiebstahl hätte in Zusammenhang stehen können. – Nichts. Nicht der leiseste Hinweis.

Nach einem kurzen Apéro in einer Bar unweit des Hafens macht er sich auf zum „Ristorante Sot'Ajarchi", einem von Frauen geführten Lokal, das zu den besten Fischrestaurants zählt, wie er im Handy erfährt.

Es ist ein Platz frei. Robert geniesst die unkomplizierte Gastfreundschaft. Er trinkt ein Glas regionalen Weisswein, einen Verdicchio bianco, und studiert die

Speisekarte. Cozze alla Marinara, eine kleine Pizza mit Acciughe und dann un filetto di tonno alla grigria mit Salat, zum Schluss eine sizilianische Cassata. Beim Dessert ist er stur. Auch ein Grappa oder ein Brandy zum Kaffee muss sein.

Gute Aussichten, denkt er und bestellt eine Flasche vom Verdicchio. Im Handy plant er seine Weiterreise, seine Rückreise in die Schweiz. Entlang der Küste bis nach Venedig, legt er für sich fdie nächste Etappe fest und träumt von einer Reisebegleitung.

Die dampfenden Muscheln werden serviert. Robert vergisst seine Frustrationen. Er kann geniessen, freut er sich. Auch allein. Die Cozze übertreffen seine Erwartungen. Es sind die besten, die er je gegessen hat.

Die Wirtin erkundigt sich nach seinem Befinden. Eine attraktive Frau mittleren Alters, elegant schwarz gekleidet, mit einer weissen Schürze und schlichten Ballerinas.

Er freue sich auf den nächsten Gang, das Essen sei ausgezeichnet. Robert kommt aus dem Schwärmen nicht heraus. Die Gäste sind nicht zahlreich. Sie werden alle äusserst aufmerksam, aber nicht aufdringlich, bedient. Die Wünsche werden einem von den Lippen abgelesen, denkt er. Zwischen den Gängen verweilt er immer wieder beim Handy und seinen weiteren Reiseabsichten. Zwischen Ancona und Venedig sucht er ein Restaurant fürs Mittagessen. Er hätte die Wirtin fragen können. Bestimmt kommt sie noch einmal an den Tisch zurück. Als hätte sie ihn gehört, bringt sie ihm die Pizza. Ob sie ihm ein paar Tipps für seine Weiterreise geben könne. Sie komme nach dem Dessert gerne zu ihm an den Tisch, um ihm ein paar Vorschläge zu machen. Mit einem herzlichen „Buon appetito" lässt sie ihn allein zurück.

Die Pizza ist ganz nach seinem Geschmack. Er weiss, für Italiener ist Pizza wie Pasta: Sie können sie jeden Tag essen. Er weiss aber auch: Pizza ist nicht gleich Pizza. Ein fester Boden, ein goldbrauner Rand, Mozzarella und Tomaten, darauf ein paar Acciughe. Was will man mehr! Etwas Pfeffer und scharfes Olivenöl vollenden den Geschmack. Dazwischen nimmt er immer wieder einen Schluck des kühlen Weissweins.

Das kulinarische Erlebnis scheint ihm unbeschreiblich. Erst recht, als ihm der perfekt gegrillte Thunfisch serviert wird. Eigentlich sollte man auf diesen Fisch verzichten, sagen die Grünen, erinnert er sich.

Schnell hat er den Gedanken verdrängt und zerdrückt mit der Zunge das zarte Fischfleisch mit dem rauchig-zitronigen Geschmack. Essen wie Gott in Frankreich – ob der wohl auch schon einmal in Italien gegessen hat?

Robert schmunzelt bei diesem Gedanken. Essen wie Gott in Italien, würde er sagen, wenn man ihn fragen sollte, wie er in Ancona gegessen habe. Er ist satt. Die Cassata hilft beim Verdauen, redet er sich ein.

Er giesst das Glas Maraschino über das Eis und steckt sich die rote Cocktailkirsche in den Mund. Eis und Maraschino verbinden sich zu einem süssen kühlen Geschmack, den er Löffel um Löffel geniesst und mit Erinnerungen an Essen in bester Gesellschaft verbindet.

Wie versprochen kommt die Wirtin mit einem Kaffee und einem formvollendeten Barwagen zu seinem Tisch. Brandy, Grappa, Limoncello? Robert entscheidet sich für einen Grappa, einen weissen aus Verdicchio.

Sie schenkt ihm einen Garofoli Podium ein. „Grazia." Er habe zu danken. „No, il mio nome." „Roberto." Sie unterhalten sich auf Italienisch. Sie weiss ihre Region zu verkaufen. Sie erklärt ihm die Wege zu den einzigartigen Sehenswürdigkeiten. Hinter ihren Ausführungen über Bauwerke vermutet Roberto eine Fachfrau.

Sie sei Architektin mit Schwerpunkt Denkmalpflege, verrät sie ihm. Er outet sich als Kollege. Sie habe momentan keine Stelle und auch keine privaten Aufträge, deshalb habe sie sich entschlossen, mit ihrer Freundin ein Restaurant zu übernehmen. Das „Sot'Ajarchi" sei ein absoluter Glücksfall. Sie vermisse ihren Job nicht und geniesse die interessanten Kontakte mit den Gästen, es gefalle ihr, Gastgeberin zu sein.

Die Freundin kümmere sich um das Kulinarische. Sie seien ein eingespieltes Team. Ob sie ihm ein Hotel empfehlen könne. Sie hätten ein paar Zimmer und es sei noch eines frei. Sie könne es ihm gerne zeigen. Der Vorschlag kommt ihm sehr entgegen.

Der Verdicchio und auch der Gebrannte zeigen

ihre Wirkung. Eine Treppe führt in den ersten Stock. Die geschmackvolle, für italienische Verhältnisse dezente Einrichtung fällt ihm auf. Das Zimmer ist modern möbliert. Bei den Möbeln fehlt es nicht an grossen Namen, B&B, Cassina, Artemide ... Sein Geschmack.

Er nehme es, schliesst Robert seine Komplimente über Ort und Essen. Grazia neigt bescheiden ihren Kopf. Sie gehen zurück ins Restaurant und trinken gemeinsam einen weiteren Kaffee mit einem Garofoli Podium, ehe er sich in sein Zimmer zurückzieht.

Der Schrei der Silbermöwen kündet ihm den Morgen an. Er lässt sich Zeit, geniesst das Dösen und versucht, die kalte Dusche noch etwas hinauszuschieben. Schliesslich denkt er an seine Pläne, macht sich frisch, zieht sich an und geht zum Frühstück.

Grazia erwartet ihn in gewohnter Eleganz. Ihr Lachen verspricht einen schönen Tag. Mit mehreren kräftigen Caffè und zwei Bomboloni alla crema startet er in den Morgen.

Er könne gerne länger bleiben, lädt sie ihn ein. Es tönt verlockend. Roberto entscheidet sich für die Weiterreise, verlangt die Rechnung und versichert, dass er das Lokal empfehlen und wiederkommen werde.

Er holt das Gepäck und macht sich auf den Weg. Auf Nebenstrassen entlang der Küste, es hat kaum Verkehr, nähert er sich der kleinen Stadt, die ihm von Grazia für die Mittagspause empfohlen wurde. Cesenatico. Am Canale sei ein ausgezeichnetes Fischrestaurant. Der Hafen sei von Leonardo da Vinci entworfen worden, erinnert er sich an die Ausführungen der Gastgeberin von gestern Abend.

Grazia gefällt ihm. Er mag die Emilia Romagna. Die Touristenorte wirken ausgestorben. Robert kommt gut voran. Aus den Lautsprechern tönt vom Sender „Radio Capital" die Stimme von Vasco Rossi. – Plötzlich unterbricht eine Frauenstimme seinen Song „Come Nelle Favole".

Es habe auf die Crypta Neapolitana einen Bombenanschlag gegeben. Der Ort sei grossräumig abgesperrt. Man rechne mit zahlreichen Todesopfern. Bis jetzt gebe es keine Anhaltspunkte auf die Täterschaft. Neben den getöteten Menschen bedaure man auch den grossen Schaden an dem historisch so bedeutungsvollen Baukunstwerk, einem Tunnel, der Neapel mit der Stadt Pozzuoli verbindet und im ersten Jahrhundert vor unserer Zeitrechnung von den Römern erbaut worden war. Sobald man mehr wisse, werde man weiter informieren.

Offenbar war Robert nicht der Einzige, der eine Tunnelsprengung plante. Nein. Es gab sogar solche, die taten es wirklich. „Come Nelle Favole" – Vasco Rossis Stimme ist zurück.

Noch sieben Minuten bis Cesenatico. Er parkt vor dem Fischrestaurant am Canale. Iwano empfängt ihn. Grazia hat vorsorglich einen Tisch im „Gabbiano" mit Blick auf die zurückkehrenden Fischerboote reserviert.

Um die Mittagszeit laufen die Fischkutter im Hafen ein und bringen ihren Fang zum internationalen

Fischmarkt. Die wenigsten Fische bleiben in Italien. Sattelschlepper aus ganz Europa stehen bereit. Der Fischfang ist neben dem Tourismus die wichtigste Einnahmequelle des Ortes. Iwano kennt die Fischer. Sie rufen sich gegenseitig Informationen zu. Er bestellt Fisch für das Restaurant. Die Fischer reservieren einen Tisch fürs Nachtessen.

Robert bestellt eine Neptunplatte, dazu einen Weissen aus der Region, einen Alba Romagna. Er weiss, bei den Weinen aus der Region liegt man meistens richtig. Über der Bar hängt ein grosser Bildschirm. Die Bilder zeigen das Ausmass des Sprengstoffanschlags.

Noch scheint man nichts über die Hintergründe zu wissen. Vermutungen weisen auf die Camorra, die neapolitanische Mafia, im Zusammenhang mit dem Geschäft mit den Abfällen.

Die ersten Kutter kreuzen im Canale auf. Ein einmaliges Schauspiel. Braungebrannte Käuze in gelbem Ölzeug. Ein Schwarm Möwen begleitet die Schiffe. Die Vögel sind auf die Fischabfälle aus, welche die Fischer beim Putzen des Fangs ins Wasser werfen. Sie zeigen dabei ihre fantastischen Flugkünste. Robert geniesst die Atmosphäre in der Geburtsstadt von Marco Pantani, dem „Elefantino", wie der ehemalige Sieger der Tour de France wegen seiner abstehenden Ohren liebevoll genannt wurde. Kein Essen ohne abschliessenden Kaffee und einen Digestivo. Das ist bei Iwano auch nicht anders. Schon gar nicht, wenn man als Gast von Grazia empfohlen wurde.

Robert wirft einen letzten Blick auf den Bildschirm, bevor er aufbricht. „Die Spuren des Sprengstoffs führen in die Schweiz." Das war nicht sein Plan.

FSC
www.fsc.org
MIX
Papier | Fördert
gute Waldnutzung
FSC® C083411

Zeitfracht Medien GmbH
Ferdinand-Jühlke-Straße 7
99095 Erfurt, Deutschland
produktsicherheit@kolibri360.de